佐藤秀明
Hideaki Sato

三島由紀夫

悲劇への欲動

岩波新書
1852

はじめに

小説家であり劇作家である三島由紀夫には、多くの評論随筆がある。その題材は多岐にわたり、そのいずれにも三島由紀夫独特のアプローチがあって、活字にして人に読ませる文章というのはこういうものかと思わせる。目のつけどころがよく、文章が上手いだけではない。関心の度合いが高いのだ。一体三島はどれだけの分野に関心を示し、首を突っ込み、体験をしたのだろうか。試みに評論随筆で扱われた分野を書き出してみると、文学、演劇はもとより、政治、歴史、思想、宗教、美術、映画、芸能、マンガ、スポーツ、武道、軍事、マスコミ、観光、写真、法律、教育、精神分析、服飾、建築、庭園……といった具合である。

占領下の困難な時代に諸外国を巡り、ボディビルで体を鍛えるとボクシングや剣道を習い、映画俳優となって歌も歌い、写真集のモデルになり、政治的な発言をし、私設の「軍隊」を作っては自衛隊への体験入隊を繰り返し、果ては自衛隊の駐屯地内で割腹自殺を遂げてしまう。

本業の文学では多彩な小説を書き、その取材の現場では、描こうとする環境に積極的に身を投じ適応しようとした。主要作品の創作ノートには、そのときの観察や体験が細かく記されている。都会生活から隔絶した島の生活や漁師の仕事を(『潮騒』)、ダムの建設現場を(『沈める滝』)、禅寺の生活を(『金閣寺』)、ボディビルやボクシングやニューヨークの孤独な生活や日本画の制作を(『鏡子の家』)、高級料理屋の経営と東京都知事の選挙を(『宴のあと』)、空飛ぶ円盤の観察を(『美しい星』)、船員の生活を(『午後の曳航』)、労働争議を(『絹と明察』)、華族の生活を(『春の雪』)、神風連《しんぷうれん》の乱を(『奔馬』)、タイやインドを(『暁の寺』)、船舶通過報の仕事を(『天人五衰』)、三島は現場に身を置いて、あるいは携わった人の話を聞いて、自分が登場人物になったかのように振る舞いなぞっていった。

日本の近現代文学の作家の中では、きわめて特異で多彩な活動をした人である。芸術的な文学作品を書くだけでなく、著名人《セレブリティ》としてその風貌や言動は広く知られ、それを楽しんでいたところがある。

本書は、三島由紀夫の評伝を中心とした概説書である。概説書と言いながら、三島が関心を示した多分野についての衒学的な細目を書いておきたい誘惑にもかられるし、新たに発見した小さな年譜的事実もいくつかはあり、書きたいことはどんどん膨らんでいきそうなのだが、限られた紙幅ではそれらの多くは省かざるをえない。

そこで本書では、ある一つの視点から、多方面へ体験と思考の触手を伸ばしたこの作家を論じようと思う。その視点を、本書では「前意味論的欲動」と名づけたい。三島由紀夫の生涯を通じて、心身の根深いところから湧き出た欲動である。おそらくそれは言語化しにくい、言語化以前の欲望であり情念であると思われる。その内容については「序章」で詳しく述べることにするが、本書は三島の「前意味論的欲動」を軸に、それが文学作品にどのように表現され、あるいは沈められ、また他の活動に結びついていったのかを見ていきたいと思う。

したがって、多様な読みを孕む文学作品に対しても、この「前意味論的欲動」を中心とした読解を示すことになる。それは作者との紐帯を重視した読みとなるが、文学作品の芸術性や面白さがそこにのみあるわけではないことは言うまでもない。

しかし、「前意味論的欲動」を本質主義的に捉えることには注意を払いたい。それでは三島由紀夫論を超越的イデア論に後退させてしまうからだ。基盤としての本質や起源など擬制でしかないことは承知しているつもりである。「前意味論的欲動」は、三島の作品や言動に表れる衝撃的で奇妙な、あるいは美しいと感じられる表現から抽出されたある傾向の総称である。

三島由紀夫の活動が、彼の「前意味論的欲動」を軸にすることでどのように見えるのかを評伝として提示し、それを論じようというのが本書の目的である。「三島はなぜ死んだのか」という尽きぬ疑問にも、考えられるかぎりの答えを出したいと思う。

なお、三島由紀夫の著作からの引用は『決定版　三島由紀夫全集』（新潮社）に拠った。また、敬称を付すべき方もいるが、すべて省略させていただいた。

目　次

序章　前意味論的欲動

一　悲劇的なものへの憧憬

死を予感させることば

一九六八(昭和四十三)年三月のある早朝、三島由紀夫は、静岡県御殿場市にある陸上自衛隊滝ヶ原分屯地内を半裸の恰好で駆け足をしていた。後に「楯の会」会員となる学生たちと一緒である。三月一日から三十日まで、ここで自衛隊の体験入隊が行われた。三島にとっては二度目の、学生の引率としては最初の体験入隊である。このときのことを三島は評論『太陽と鉄』(講談社、一九六八年)の最終章で、次のように書いている。

早春の朝まだき、集団の一人になつて、額には日の丸を染めなした鉢巻を締め、身も凍る半裸の姿で、駈けつづけてゐた私は、その同苦、その同じ懸声、その同じ歩調、その合唱を貫ぬいて、自分の肌に次第ににじんで来る汗のやうに、同一性の確認に他ならぬあの「悲劇的なもの」が君臨してくるのをひしひしと感じた。それは凛列《りんれつ》な朝風の底からかすかに芽生えてくる肉の炎であり、さう云つてよければ、崇高さのかすかな萌芽だつた。「身を挺してゐる」といふ感覚は、筋肉を躍らせてゐた。われわれは等しく栄光と死を望んでゐた。望んでゐるのは私一人ではなかつた。

望んでいる「栄光と死」とは、一九七〇(昭和四十五)年の自決を思わせる。冗談めかして死を口にすることは度々あったが、これは「決意を彼が公にした最初の文章だった」と村松剛が書いている(『三島由紀夫の世界』)。ここで目に留まるのは、「悲劇的なもの」と「身を挺してゐる」という鍵括弧で括られた二つのことばである。長年、自己の特殊性に悩んでいた三島は、同志を得て彼らとの間に疎外感のない自己を実感し、それが「悲劇的なもの」として理解されたのだ。そしてそこで「身を挺してゐる」、つまり「栄光と死」に向かっていることが感じられたのである。ここには、何ものにも代え難い深い充足感が表れている。

ところでこの「悲劇的なもの」と「身を挺してゐる」ということばは、『仮面の告白』(河出書房、一九四九年)に出てくることばである。村松剛が同じ指摘をしている。ちょうど二十年前、このことばの記された『仮面の告白』第一章は、一九四八(昭和二十三)年の十一月か十二月に書かれたと思われる。職業作家として出発した記念碑的な作品に書いたことばを、二十年後に死の予感を告白する文章に織り込んだのは意図してのことであろう。このことばにはどういう意味が籠められていたのだろうか。『仮面の告白』を振り返ってみよう。

『仮面の告白』の汚穢屋

性に関する自伝的な小説『仮面の告白』には、五歳のときに見た汚穢屋《おわい》の姿が印象深く記されている。「最初の記憶、ふしぎな確たる影像で私を思ひ悩ます記憶が、そのあたりではじまつた」と、十分な間合いを取ってこの記憶は書かれている。坂を下りてくる糞尿汲み取り人の若者に、主人公の「私」は惹きつけられてしまうのだ。汚穢屋の青年は、「肥桶《こえをけ》を前後に荷《にな》ひ、汚れた手拭で鉢巻をし、血色のよい美しい頰と輝やく目をもち、足で重みを踏みわけながら坂を下りて来た」。この若者を見て「『私が彼になりたい』といふ欲求、『私が彼でありたい』といふ欲求」に取りつかれてしまう。ここには同性愛的な同一化の願望が出ている。しかしそのことよりも大事なのは、次の一節である。

> きはめて感覚的な意味での「悲劇的なもの」を、私は彼の職業から感じた。彼の職業から、或る「身を挺してゐる」と謂つた感じ、或る投げやりな感じ、或る危険に対する親近の感じ、虚無と活力とのめざましい混合と謂つた感じ、さういふものが溢《あふ》れ出て五歳の私に迫り私をとりこにした。汚穢屋といふ職業を私は誤解してゐたのかもしれぬ。

「彼の職業」から「悲劇的なもの」も「身を挺してゐる」といった感じも来ているが、やはりそれは「誤解」にちがいない。また、このように言語化されたのはずっと後のことであるはずだ。「この影像は何度となく復習され強められ集中され、そのたびごとに新たな意味を附された」と書かれている。さらにこれが、少年三島の実体験であったかどうかも不明である。しかし、後年に言語化されたものだとしても、その印象と汚穢屋という職業とには齟齬があり、「私は誤解してゐたのかもしれぬ」とあえて書いて、整合性を取り繕っていないところからすれば、これが幼年時代の実体験であったと見るのが自然ではないだろうか。三島由紀夫は奥野健男に、『仮面の告白』で書いたことは「虚構をまじえていない事実」だと語ったという(『三島由紀夫伝説』)。式場隆三郎への手紙(一九四九年七月十九日付)でもそう書いている。

この二つのことばを、二十年の歳月を隔てて、しかも死の予感を記した文章に使ったのは、このことばで表現される情動が一貫して継続していることを三島が確認したからにちがいない。そしてそれは、奥野や式場への発言を信じるならば五歳のときの感覚であり、四十五歳の死にまで継続した感覚なのである。この「悲劇的なもの」「身を挺してゐる」ということばで表現される感覚を、本書では「前意味論的欲動」と呼ぶことにする。

前意味論的欲動の定位

前意味論的欲動とは、言語化し意味として決定される以前に遡ることになる体験や実感に表れた、何ものかに執着する深い欲動とでもいった意味である。

「身を挺する」とは、言うまでもなく、何かのためにに身を投げ出し犠牲となること、場合によっては死をも辞さないことだ。そこに「悲劇的なもの」といった感覚が生じる。『太陽と鉄』では、「悲劇的なもの」を疎外感から癒やされた男同士の絆といった意味で使っているが、『仮面の告白』では、逆に「私の官能がそれを求めしかも私に拒まれてゐる或る場所で、私に関係なしに行はれる生活や事件、その人々」だという。両者の懸隔はおそらく本質的ではない。それに加わることができるかできないかは条件次第であり、幼児には不可能であったものが四十三歳の時点では可能になったということで、要するに参加する意欲が意味の基本となっている。「身を挺する」ことの起こる「生活や事件、その人々」があり、そこに参加する／参加できない、いずれにせよ参加の意欲が自身を「悲劇的なもの」にするのである。

しかし、『仮面の告白』のこの後の記述を併せて考えると、このことばにある危険な方向には、血生臭い残虐性への嗜好が付随していることに気づく。「憂国」の切腹場面が最もあからさまな例である。「憂国」に顕著に表れているように、三島由紀夫には、切腹や血に対する意味づけがたい、それ自体が目的としか思えない欲動がある。「身を挺してゐる」「悲劇的なもの」の具象的嗜欲がそこにはある。

横尾忠則は、平野啓一郎、田中慎弥、中村文則との座談会「2010年の三島由紀夫」で、

「精神的な側面、あるいは思想的な側面から三島さんを論じてきたものはかなり多い。でも、三島さんとしては、『憂国』の腸が飛び出すというような、そういうところに肉体の言葉があったわけで、それが三島さんの思想なんじゃないかと思います」と語っている。この発言は三島論としては平凡なものに思えるかもしれないが、横尾忠則は何かを直感し、大事なことを述べたのではないかと思う。三島由紀夫にとって「腸が飛び出す」苦痛は「思想」であり、また快楽でもあって、それは存在の深部から湧出する欲動にちがいないのである。しかしそれだけでは、まだ条件が揃っていない。「身を挺する」には、目的がなければならない。

長ずるにしたがい、「身を挺する」対象が次第に明確になっていく。何か大いなるもの、大義といった権威のために「身を挺する」という気概が現れ出てくるようになる。成長とともに破滅に向かった戦争がそういう情動を醸成したとか、日本浪曼派や蓮田善明《ぜんめい》の影響があったとか、そういう意見はある。しかし断っておくが、三島が汚穢屋を見たのは五歳のときで、ナショナルな宣揚が内面化する年齢ではない。自身の身内から出る欲動として自覚されたのである。加えて言えば、敗戦までの三島は、戦時の風潮からは距離を置いていたように見受けられるのだ。むしろ戦後になり、大いなるものに「身を挺する」状況が消滅すると、反時代的に自己の前意味論的欲動を表に出すようになるのである。

餅と炭火の比喩

法学部出身の三島は、法律についても面白いエッセイを書いている。「法律と餅焼き」(「法学セミナー」一九六六年四月号)で、「法律とはこの餅網なのだらう」と言う。餅は、人間やその生活、文化を象徴し、炭火は「人間のエネルギー源としての、超人間的なデモーニッシュな衝動のプールである潜在意識の世界を象徴してゐる」と言う。この見立てが卓抜なのは、人間の情念と市民生活と法とを包摂し、さらに文化や芸術にまで及ぶ巨視性にある。

「ただ、餅網にとつていかにも厄介なのは、芸術といふ、妙な餅である」と話は芸術論に展開する。「この餅だけは全く始末がわるい。この餅はたしかに網の上にゐるのであるが、どうも、網目をぬすんで、あの怖ろしい火と火遊びをしたがる。そして、けしからんことには、餅網の上で焼かれて、ふつくらした適度のおいしい焼き方になつてゐながら、同時に、ちらと、黒焦げの餅の、妙な、忘れられない味はひを人に教へる」。芸術がこういうものとばかりは言えないとしても、芸術からこの危険な「炭火」を除けることはできまい。

もはや説明するまでもなく、この炭火とは、これまで述べてきた前意味論的欲動を言う。表現の巧拙を度外視すれば、前意味論的欲動によって黒焦げになった餅が芸術である。適度に焼けた餅などは、「つひに戦慄的な傑作になる機会を逸してしまふ」ということになる。ウェルメイドのエンターテインメントである。そして先走って述べるならば、三島由紀夫という人は、あの黒く焼けた「戦慄的な傑作」を求めつづけながら、そこにも満足せず、遂には熾った炭火の中に餅を投じてしまった人である。市ヶ谷駐屯地での苛烈な最期は、法の餅網をくぐり抜け、前意味論的欲動の火勢に身を任せたということになる。

しかしこの前意味論的欲動は、芸術に携わろうとする者でもなければ、日常生活ではそれほどしばしば表に出るものではない。市民生活者としては、抑制するとか秘匿するとかせざるをえないこともある。誤解のないように述べておくと、前意味論的欲動は芸術に関心があろうとなかろうと誰にでもある。必ずしもそれで生き辛さを抱え込むことになるとはかぎらないが、三島の場合は市民生活と折り合わないものとしてあった。三島由紀夫の作品を一つひとつ思い浮かべてみると、主人公たちのほぼすべてが、生き辛さを託《かこ》っている。三島由紀夫の文学は、生き辛さに喘《あえ》ぐ人たちに、「人生いかに生きるべきか」という意外に古風な読み方を、しかし黒く焦げた苦みのある生き方を開いてみせるのである。

二　本心のない作家

終戦直後の三島評

その人の心の深いところから出た、容易に動かすことのできない気持ちや考えを「本心」と呼んでおくと、若い頃の三島由紀夫は、〝本心のない作家〟〝本心の見えない作家〟と見られていた。戦争が終わると、大学生だった三島は作品の売り込みに腐心する。しかし文芸誌にやっと載せてもらえても、評価は芳しくはなかった。本心がない、あるいは見えないと言われたのである。

本多秋五の『続 物語戦後文学史』は回想記的な文学史であるが、終戦直後の三島作品についてこう言う。「三島の小説がマガイモノと映ったのは当然であった」。『盗賊』は「いかにも頭のなかだけでデッち上げた無理な小説」で、「苧菟《おっとう》と瑪耶《まや》」は「なんの人生経験もない少年三島由紀夫が、空想の絵の具で空想のものがたりを彩った夢想浮遊小説」、「春子」「サーカス」「殉教」「家族合せ」は、「さて何のためにこれらは書かれたのか、作者はそこで何をいわんとしたのかという段になると、当時の読者は首をかしげたと思う」。「宝石売買」「山羊の首」「獅子」「大臣」「魔群の通過」は、「この絢爛たる才気は一体どこに根ざすのかと、半信半疑の気持でうけ取られた」といった具合である。「三島がとかく本心のない作家だと考えられがちであり、私もまた彼を本心のない作家のように考えがちであった」という感想もある。当時の「群像」の「創作合評会」を見ていくと、中野好夫「現実をみる眼がいつも後ろを向いている」(一九四七年八月号)、高見順「彼が書いている小説は、彼自身の生きることと何の関係もない」(同年十一月号)、中村光夫「魂がないような気がする」(一九四八年九月号)、中山義秀「肉はないけれども頭はありますね」(一九四九年七月号)といった発言を拾い上げることができる。

以後の三島評

こういう批評にとどめを刺したのが『仮面の告白』だった。しかし、『仮面の告白』刊行の二年後に出た埴谷雄高の「『禁色』を読む」(『群像』一九五一年十一月号)でも、「その作品のなかに不在であることによつて却つて才能の存在証明を行つてゐると云はれてゐるこの作者への一般の評価は〔…〕」と書かれた。もっとも、そのあとは「やはり、一つの伝説に過ぎなかつたと知らされたのであつた」とつづくのだが、「一般の評価」「伝説」という言い方は、作品及び作者に対してどのような見方が継続していたかが示されている。

それから六十年ほど経った座談会「2010年の三島由紀夫」では、平野啓一郎が「三島さんは、本気で自分の作品を書いていたはずなのに、世間からは、三島の作品世界はどこか人工的で、虚構の世界だと言われ続けていた。それが、最終的に劇的な空間の中で死ぬことで、虚構と彼の本気が、それこそ一瞬にして合致してしまった」と述べる。「虚構の世界」と思われていたことが、作者の死によって「本気」だったと分かったということだが、逆から言えば、死の瞬間まで作者と血の通わない「虚構の世界」だと思われていたということになる。三島の没後に生まれた平野啓一郎が、どのようにしてこの実感を得たのかは分からないが、確かに三島の主張は、死によって「本気」だったと受けとめられた面があった。ではその死の意味はというと、それは判然としなかった。政治的な死か文学的な死か、という簡便な二分法に集約されたのも分からなさゆえであった。

分からなさは、自刃の衝撃のためばかりではなかった。例えば三島の生前一九六八(昭和四十三)年に刊行された野口武彦の『三島由紀夫の世界』は、三島の「自己同一性《アイデンティティ》の欠如」を問題にする。野口武彦の一捻りした論理は、三島の〝核心〟に「欠如」した「自己同一性《アイデンティティ》」があるという点で議論を深め、「まさにそのような自己同一性《アイデンティティ》の欠如こそが三島氏をして「無限の絶対の否定性」たらしめ、「イロニイの立場」に身を置かせていたのである」と展開する。しかし、「欠如」が「イロニイの立場」に「身を置かせる」というのは、三島の内の何がその立場に立たせたのかという議論を放棄する空論である。さらに、反語的で逆説的な三島文学を作ったのが「イロニイの立場」であることには同意するが、では「イロニイ」のない至福を描いた「憂国」は、どのように解き明かされるのだろうか。「自己同一性《アイデンティティ》の欠如」を梃子にして論理を進めると、愛と死を肯定した「憂国」で躓くことになる。三島は多くの自己解説も書いているが、それを前にしながら、批評家や研究者は三島由紀夫の「本心」をやはり摑みかねていたのである。

三　ジャック・ラカンの「享楽」

「享楽」

フランスの精神分析学者のジャック・ラカンに「享楽 jouissance」という概念がある。ラカンの概念はしばしば改訂され、錯綜して複雑だが、前意味論的欲動は「享楽」と重なるところが大きいのではないかと考えている。ラカン及びラカン派のテキストを精緻に解読した松本卓也の『人はみな妄想する——ジャック・ラカンと鑑別診断の思想』を参照し、前意味論的欲動を「享楽」に接近させてみたい。

「享楽」について、松本卓也は「〈物〉の水準にある禁じられた満足体験に到達することに相当する」と説明する。まず基本は「満足体験に到達すること」である。そしてここで言う「〈物〉」とは、「人間がシニフィアンとかかわり、言語の世界に参入する際に、もはや取り返しのつかないような形で失われてしまう原初的対象を指す」というものだ。もう少し砕いて言えば、幼児の最初の満足体験のうちで心的に記録される満足には限りがあり、最初の満足体験には記録されずに二度と再体験できなくなったものがあり、それをラカンは「〈物〉」と言って、それを求める情動を「享楽」と言うのである。

『仮面の告白』は生まれたときの産湯をつかった記憶から書き出されていた。「下したての爽やかな木肌の盥で、内がはから見てゐると、ふちのところにほんのりと光りがさしてゐた」と書かれている。馬鹿げた空想にすぎないという常識に与したいが、少なくとも三島由紀夫自身はそう思っていて、小学校一年生のときに級友の三谷信にその話をしているのである（『級友 三島由紀夫』）。そうならば、「もはや取り返しのつかないような形で失われてしまう原初的対象」に三島は到達していたのではないか、と言えば冗談になってしまうが、「到達不可能な」生まれたときの光景にまで遡行する発想は、「享楽」を求める人間にふさわしいと思わずにはいられない。

禁　止

松本卓也は、「この到達不可能な満足体験＝享楽は、たとえ到達できたとしても、人間に快を与えてくれるようなものではない。〈物〉が、不快を避けて快を追求する快原理の彼岸にある以上、快原理に従う主体にとって享楽は不快ないし苦痛を引き起こすシステムの攪乱として現れてこざるをえない」と言う。それでも人間は、「享楽を快原理の彼岸にある絶頂をもたらすような快としてしばしば空想してしまう」と言うのだ。三島由紀夫の前意味論的欲動が、表面的には「不快ないし苦痛」をもたらしながら、「絶頂をもたらすような快として」「空想」され求められていたことは確かである。

　そして「享楽がシニフィアンのシステムという法によって禁止されている、という事実は、「〈物〉への到達を禁止している法を侵犯 transgression しさえすれば、〈物〉へと到達しうるのではないか」というさらなるファンタスムを掻き立ててやまない」と言う。「シニフィアンのシステム」に従ってこの現実世界(ラカンの言う「象徴界」)を生きている人間にとっては、失われた「〈物〉」を取り戻そうとする「享楽」さえもが、生活にまぎれてしまっているのかもしれない。しかし三島は、到達できないのならば、到達しようと考える人間である。「禁止」があるからこそ「侵犯」したいという「ファンタスム」はまさに三島のものである。

　この「禁止」と「侵犯」は、三島が親しんだジョルジュ・バタイユの『エロチシズム』を思い起こさせる。三島は書評「エロチシズム――ジョルジュ・バタイユ著　室淳介訳」(「聲」一九六〇年四月号)で、エロチシズムと死の結合形態である「連続性」や、エロチシズムの「広い包括的な展望」に注目するとともに、「禁止」にも言及していた。この書評よりも三島の興味を端的に表しているのは、「二・二六事件と私」(一九六六年)に引用された清水徹のバタイユ論「両次大戦間文学へのひとつの仮説的視点」の方である。清水徹は、「《違反》に《違反》を重ねて、形骸化した《禁止》に生命をよみがえらせるしか道はないのではないか。(中略)《違反》が極限に達したとき、《禁止》は極限というかたちで厳然と実体化するだろう」と書く。これを引用した三島は、この逆説のダイナミズムに究極のエロチシズムを見るのだが、その発想はラカンの「享楽」の説明と共通している。案の定、松本卓也もラカンはバタイユを下敷きにしていると考えており、バタイユを介してラカンの「享楽」と三島との間にはやはり接点が見出せるのである。

四　生涯の輪郭

一本の線

五歳のときの汚穢屋に感じた「身を挺する」「悲劇的なもの」という情動は、四十五歳の死にざまに明瞭に顕れた。自衛隊員に向かって憲法改正のために起とうと呼びかけても、彼らが動かないのは織り込み済みだったから、自刃は予定どおりなされた。「生命尊重のみで、魂は死んでもよいのか」(「檄」)と訴えた三島と森田必勝《まさかつ》は、自らの身を擲って「魂」を救済し、死を以て自衛隊員に訴えたのである。まさに「身を挺する」「悲劇的なもの」たらんとした行動であった。

五歳のときの汚穢屋との出会い、そしてそれを書いた二十三歳の『仮面の告白』。書くということは、たとえそれがフィクショナルな小説であっても、不確定な事柄を〝事実〟として確定する。三島由紀夫の前意味論的欲動は、その後四十三歳の『太陽と鉄』で引用され、四十五歳の死に顕現した。あたかも生涯を貫く前意味論的欲動が一本の線として存在したかのようである。しかし、五歳の汚穢屋との出会いにせよ、二十三歳の作品への定着にせよ、それはその時点で終わり、忘れられ消滅しても不思議はなかったことである。それがこのように線として繋がり実行されたことは、前意味論的欲動へ再帰する意志が働いたとしか言いようがない。

ここでは、前意味論的欲動を軸に三島由紀夫の生涯を概観しておこう。詳しくは第一章以降に譲るとして、その輪郭を粗描しておく。

戦　中

前意味論的欲動は、三島の一生で度々噴出したわけではない。むしろ長い期間、抑制され伏在していたように見える。

一九三六(昭和十一)年二月二十六日に起こった二・二六事件は、少年三島の記憶に強く残った。十一歳のことである。「二・二六事件と私」(『英霊の声』河出書房新社、一九六六年)は、「少年時代から私のうちに育《はぐ》くまれた陽画は、蹶起将校たちの英雄的形姿であつた。その純一無垢《むく》、その果敢、その若さ、その死、すべてが神話的英雄の原型に叶つてをり、かれらの挫折と死とが、かれらを言葉の真の意味におけるヒーローにしてゐた」と述べている。三島は決起将校に同一化し、彼の前意味論的欲動の実現をそこに見ている。しかも自分たち少年は「その不如意な年齢によつて、事件から完全に拒まれてゐた」とあり、『仮面の告白』にあった「拒まれてゐる」悲哀が「悲劇的なもの」を成しているという条件も揃っていた。

この二・二六事件が三島の中で動かし難いものとなり、作品化せずにはいられなくなるのは一九六一(昭和三十六)年の「憂国」からで、戯曲「十日の菊」(「文學界」一九六一年十二月号)と「英霊の声」(「文藝」一九六六年六月号)とともに「二・二六事件三部作」と自ら呼ぶこの三作品は、いずれも三島の前意味論的欲動が書かせたものである。

しかし、十代後半から二十歳にかけての、兵役に就く年齢では、前意味論的欲動が動き出した形跡は認められない。総力戦となった先の大戦ほど、「身を挺する」「悲劇的なもの」が発動される時代はなかった。しかしこの時期の三島は、銃後の比較的安全な場所にいて、時勢から背を向けるようにして小説の執筆に専念していた。「身を挺する」「悲劇的なもの」は、官民一体となって製造された支配的言説として通俗化して流布していたから、できるかぎりそこから距離を置いていた。戦後、三島がこの時代を賛美しているかに見えたのは、否応なく「身を挺する」「悲劇的なもの」を発動せざるをえなくする運命を懐かしんでいたからであろう。

戦後

敗戦について三島は「何となくぼやぼやした心境で終戦を迎へたのであつて、悲憤慷慨もしなければ、欣喜雀躍もしなかつた」(「八月二十一日のアリバイ」)とのちに述懐している。戦時体制から距離を取っていたのだから、そういう心境だったのも頷ける。

『仮面の告白』の前意味論的欲動についてはすでに述べた。『仮面の告白』と並んで三島の代表作と言われている『金閣寺』には、「身を挺する」「悲劇的なもの」という前意味論的欲動は前面には出ていない。『金閣寺』の主題である「美」は、この欲動対象とは別の、三島の気質や感受性が仮託された観念である。むしろ興味深いのは、『金閣寺』の擱筆後数日を経ずして挑んだ祭りの神輿担ぎである。後述するが、この他愛もない出来事は前意味論的欲動を目覚めさせ、『金閣寺』の美を一気に過去形にしようとして、おそらく作者を慌てさせたのである。

「剣」という短編小説がある。「新潮」の一九六三(昭和三十八)年十月号に発表されたから、第四章で扱うべきだが、ここで触れておくのが適当だと思われる。大学の剣道部の話である。国分次郎は抜きん出た強さを持つ主将で、しかも常に正義と純粋性を求め身に帯びた青年だ。同学年の賀川はそんな次郎を疎ましく思い、一年生の壬生は尊敬し心酔している。西伊豆での夏の合宿で、国分ら部の主立った者が留守の隙に、賀川が海に行こうと言い出す。海に入ることは国分が厳しく禁じたことだ。水浴び程度だったがこれは露見する。壬生は一人残ったが、偽善を恐れて自分も海へ行ったと国分に告げる。賀川は東京へ帰された。合宿は無事終わり、くつろいだ納会の最中に次郎がいなくなった。皆が探すと、裏山で死んでいたという話である。

国分次郎の死は、あまりに唐突で理解し難い。一身を剣に捧げる次郎の生き方は、剣道以外のことは余事でしかなく、前意味論的欲動が剣道にのみ向かっているように見えた。三島の前意味論的欲動とはやや異なるが、こういう短編を三島は書いてしまったのである。剣への精進が汚されたのならば、自己が汚される前に剣に殉じようという精神である。だがこれは、国分次郎の個別性に則った彼個人の生き方であり、そうでしかない。国分次郎の死は、彼の中で完結しているのである。

その後の前意味論的欲動の表現で大きな進展があったのは、一九六六(昭和四十一)年の「英霊の声」と『奔馬』(「新潮」一九六七年二月号〜六八年八月号)である。この両作品には、天皇への「忠義」が描かれる。徹底的な「身を挺する」精神と行為に「悲劇的なもの」が生まれることになる。この二作品で進展したのは、忠誠対象が据えられたことと、それが天皇として具体化したことである。このことで「身を挺する」心情は、歴史的な「忠義」の精神と接点を持つことになり社会化する。つまりそれは、固有の特殊性から発した前意味論的欲動に倫理が加わったことになり、その結果、前意味論的欲動は個別性に収束せずに普遍性を獲得することになるのである。三島由紀夫の存在が一文学者の範疇にとどまらなかったのは、この踏み出しがあったからである。

このように見てくると、五歳のときの汚穢屋の印象が四十五歳の死に直結すると述べたが、正確を期すならば、「身を挺する」対象としての大きな権威に天皇を据えたことで、三島由紀夫の死の欲動は完結したと言い直さなければならない。

だが、忠誠対象として天皇を据えたことで、今度はその天皇を厳しく批判することになる。それは第五章で述べるが、その批判もまた、前意味論的欲動から発せられたものにほかならないのである。

第一章　禁欲の楽園——幼少年期

まずは、本章で扱う誕生から「花ざかりの森」を書く満十六歳までの伝記的事項を概観しておこう。

三島由紀夫は、一九二五(大正十四)年一月十四日、東京市四谷区永住町二番地の古い大きな家に生まれた。翌年大正十五年は昭和に改元されるから、三島の満年齢は昭和の年号と一致する。「夜九時に六五〇匁《もんめ》の小さい赤ん坊が生れた」と、『仮面の告白』には書かれている。祖父が書生をしていた、土木工学の権威古市公威から名前をもらい、公威《きみたけ》と名づけられた。家では、コウイさん、コウちゃんと音読みで呼ばれた。

家族は両親と父方の祖父母の四人で、初めての子どもだった。父の平岡梓《あずさ》は、第一高等学校、東京帝国大学法学部を出て、農商務省に務めていた。高等学校、大学、農商務省と同期だった人に、のちの総理大臣岸信介がいた。切れ者の岸に比べて、梓は怠け者の官僚だったと猪瀬直樹が『ペルソナ　三島由紀夫伝』に書いている。母の倭文重《しずえ》は、梓の出た東京開成中学の校長橋健三の次女で、前年の一九二四年に十九歳で平岡家に嫁いだ。

祖父の定太郎は、福島県知事を経て樺太庁長官を務めた人である。長官時代に印紙を割引価格で販売したのが発覚し、赤字分十万円を補塡してその借財が残っていた。莫大な金額である。祖母の夏子（戸籍名なつ）は、大審院判事永井岩之丞の長女。祖父は軍艦奉行や若年寄を務めた永井尚志《なおむね》。有栖川宮熾仁《たるひと》の屋敷に行儀見習いで上がったことがあり、また、母の高《たか》が水戸の支藩である宍戸藩の藩主の娘（側室腹）だったことが気位を高くした。その上ヒステリー気質で、誰も手のつけられぬ専横ぶりを発揮した。

公威は、この祖母に育てられた。生後一月余で（『仮面の告白』には「四十九日目」とある）、夏子が倭文重から赤ん坊を奪い取り、座骨神経痛で床に就きがちな自室で育てたのである。授乳の時間になると倭文重を呼び、終われば下がらせる。二歳、三歳になっても、倭文重は呼ばれなければ公威に会えない。めったに外出の許可は出ず、レコードをかけたり童話や絵本の読み聞かせをしたり、あとは折り紙やおはじきといった女の子の遊びばかりで、車や鉄砲などの金属製の音の出る玩具は禁じられた。座骨神経痛に響くからである。倭文重は、わが子の境遇を憐れみ心配したが、後年の三島は、禁止の多い楽園を居心地よく過ごしたと述べている。

小学校は学習院初等科である。その送り迎えのときだけ、倭文重はわが子と二人だけの時間を過ごせた。体が弱く休みがちで、成績は卒業までクラスの中ほどにとどまった。

中等科に入ると、渋谷区大山町に転居した両親と初めて暮らすことになった。半年後に父が大阪に赴任し、母と公威と妹弟が残った。成績が上がり、詩を作り始める。その詩を、文芸部員で高等科三年の坊城《ぼうじょう》俊民が注目し、文通が始まった。詩は、すらすらとできた。ノートに清書し、何冊もの詩集を作った。小説も書き出し、校内では一目置かれるようになっていった。しかし、父の梓は公威の文学熱を好まず、原稿用紙を見つけると破り捨てたという。結核で登校できずにいた高等科の文芸部員東《あずま》文彦が、公威の小説「彩絵《だみえ》硝子《ガラス》」に注目し手紙を寄こした。坊城俊民とは疎遠になり、東文彦と文通を始める。

国語担当の清水文雄は、公威から預かった「花ざかりの森」を読んで驚嘆した。早速、仲間と出している国文学雑誌「文藝文化」の編集会議にこの原稿を出した。古典評論を書いていた蓮田善明が、この小説の掲載を強く推した。中学生が大人の雑誌に小説を発表するのはまずいということで筆名を考えた。「三島由紀夫」という名前が初めて世に出たのは、「花ざかりの森」が載った「文藝文化」一九四一(昭和十六)年九月号からである。十二月号までの四回にわたる連載となった。満十六歳、「三島由紀夫」の誕生である。

一　生まれた家

不明な生家跡

三島由紀夫はどこで生まれたのか、それを知る人に出会えなかった。四谷区永住町二番地という所番地は分かっている。現在の新宿区四谷四丁目二十二番地である。しかし、四谷四丁目二十二番地はそれなりの範囲があり、何十軒かの家やマンションが建っている。

新宿駅から新宿通りを四ツ谷駅に向かって東に行くと、新宿御苑を南に見て過ぎたあたりに外苑西通りと交差する「四谷四丁目」の交差点がある(左図参照)。その近くに「四谷四丁目」のバス停があり、そこの細い道(田安通り)を北へ入ったあたりが四谷四丁目二十二番である。ここを四百メートルほど行くと、靖国通りにぶつかり、その先に成女学園中学・高校があるが、目的地はバス停から入って一区画を過ぎた田安通りの西側で、靖国通りの手前までである。静

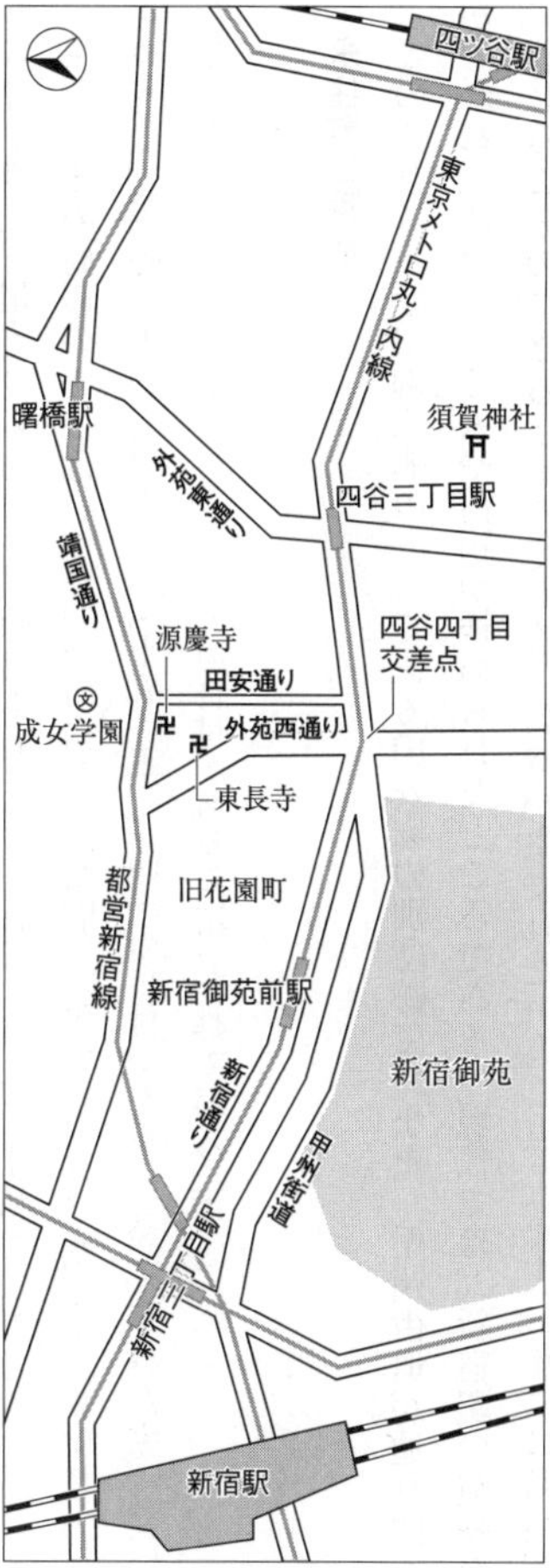

四谷の生家付近

かな住宅地だ。最寄りの駅は、東京メトロ丸ノ内線の「四谷三丁目」である。

生家やその周辺のことは、『仮面の告白』、「紫陽花」(生前未発表、「昭和十五年一月三日」の日付がある)、「童話三昧」(生前未発表、「十五、三、一四」の日付がある)、詩「生れた家　長いながい昔話」(生前未発表、「一五、五、三一」の日付がある)に書かれている。

永住町二番地

この辺りは、徳川御三卿の一つである田安家の別邸跡で、また、甲州街道が通り四谷大木戸が置かれ、江戸へ入る人や荷物が検められたところである。現代では、新宿駅の喧噪を西の方に感じることのできるところである。公威が生まれた一九二五(大正十四)年には新宿駅が新築され、その六年後には、乗降客数が日本一の駅になる。永住町は、新宿の場末の端といったところだ。『仮面の告白』には、「土地柄のあまりよくない町」と書かれている。

「その頃の地元の人達はこの横丁を豚屋横丁《ぶたやよこちょう》と言っていた」と、安藤武は『三島由紀夫の生涯』に書いている。新宿界隈のゲイボーイの定宿もあったという。豚屋横丁はいまの田安通りである。「その豚屋横丁の中頃の狭い急坂の路地を左に折れた奥に二《ママ》階建ての借家が平岡家であった」と安藤武は書いている。

確かに田安通りの中頃には、左(西)に折れる坂になった路地がいまでもある。しかし、現在の路地は「急坂」ではない。『仮面の告白』には坂のある道を兵隊の行進が通り、祭りの神輿が通ったとあるが、それだけの道幅はない。安藤武の指摘した三島由紀夫の生家には、どうしても疑問が残るのである。『新宿区地図集』(新宿区教育委員会、一九七九年)には、関東大震災以前の一九一二年発行になる「四谷区全図」(森寺勇吉編纂、博文館)と、空襲前の一九四一年発行の「四谷区詳細図」(地形社編、日本統制地図)が収録されているが、震災と空襲を経ても現在の道路や路地はほぼ変わらずに残っている。

沼尻地図

新宿歴史博物館に四谷四丁目二十二番地の家々を確認できる地図がある(次頁図参照)。この地図は「沼尻地図」と呼ばれる火災保険の契約のための住宅地図で、「昭和十二年四月実測吉本金一／昭和十五年六月第一回修正　沼尻」という注記がある。都市製図社の製作である。各戸に「22」の数字が付された一帯が四谷四丁目二十二番地に当たる。永住町二番地の一部で、新宿通りから北に入る田安通り(地図の上方の通り)の西側であることが分かる。

この当時、四丁目二十二番には三十七軒の家や商店や医院があり、公威の生まれた平岡家は、この中のどれかに絞られる。平岡家は、一九三三(昭和八)年の三月か四月に、ここから四谷区西信濃町十六番地に転居したから、「昭和十二年四月実測」以降のこの地図には平岡の名前は

沼尻地図．南北に通る道が田安通り(豚屋横丁)．
アミをかけた家が三島の生家

ない。

　戸主の平岡定太郎がここに入居したのは、『日本紳士録』によれば、一九一九(大正八)年頃と判明する。その前に住んでいた麴町富士見二ノ四の家はおそらく持ち家であった。一九一四年六月七日の「樺太日日新聞」によれば、定太郎は六月五日付で樺太庁長官を依願退職となり、莫大な借財を抱え、麴町の家を売却してここに移ってきたものと思われる。

　『仮面の告白』には、「私の家は殆《ほとん》ど鼻歌まじりと言ひたいほどの気楽な速度で、傾斜の上を辷《すべ》りだした。莫大な借財、差押、家屋敷の売却、それから窮迫が加はるにつれ暗い衝動のやうにますますもえさかる病的な虚栄」と書かれている。「莫大な借財」は定太郎、「病的な虚栄」は夏子のことである。定太郎の当時の肩書きは、一九一九年三月の『日本紳士録』第二十三版では「日本牡蠣、南洋製糖各(株)代表取締役」で、同年十二月の第二十四版(この年の『日本紳士録』はどういうわけか二度出版されている)では「蓮華鉱山(合)代表」に変わっている。『仮面の告白』にある「祖父の事業慾」が窺われる変化である。

では、平岡公威の生家は、沼尻地図にある三十七軒のどこになるのだろうか。じつはこれ以上は資料による考証はできず、四谷四丁目町内会の人の協力を得て、証言をしてくれる人を見つけるという作業になった。沼尻地図の田安通りに面した「医院」とある家に生まれ育った、鈴木武徳とその兄の鈴木和徳にそれぞれに問い合わせたところ、「千葉さんの家です」と同じ返答をもらった。二人とも平岡家が転出したあとに生まれたが、両親から「学習院に通ってい た平岡さんのうちの子」のこと、それがのちの三島由紀夫だということは何度も聞かされたという。

坂の家

『仮面の告白』には、幼児期を過ごした家はこう書かれている。

こけおどかしの鉄の門や前庭や場末の礼拝堂ほどにひろい洋間などのある・坂の上から見ると二階建であり坂の下から見ると三階建の・燻《くす》んだ暗い感じのする・何か錯雑した容子の威丈高な家だつた。暗い部屋がたくさんあり、女中が六人ゐた。祖父、祖母、父、母、と都合十人がこの古い簞笥《たんす》のやうにきしむ家に起き伏ししてゐた。

「坂の上から見ると二階建であり坂の下から見ると三階建」というのは、現地を歩いていて納得した。沼尻地図では千葉という家の南隣に宮田東峰という家があるが、そこに現在建っているアパートは坂の上からは二階建てで、下から見ると一階部分がガレージふうの物置になっていて、その上に二階の部屋がある。

ちなみにこの宮田東峰はミヤタ・ハーモニカバンドで有名な人であり、千葉は千葉躬春《みはる》という、ミハルスというカスタネットの前身を作り普及させた音楽家で舞踏家だった人である。その子の千葉馨は、ホルン奏者でNHK交響楽団の首席奏者を務めた人である。千葉馨が東京藝術大学時代に親しくしていたのが黛敏郎で、黛は映画「潮騒」や「炎上」(原作は『金閣寺』)の音楽を担当し、オペラ「金閣寺」の作曲もしたが、親しい友人の千葉馨が、三島の生家に住んでいたことを知っていたかどうかは分からない。また、宮田家と千葉家の近くには歌手の霧島昇もいて、隣の荒川は退役軍人の家だったという。こうしてみると、平岡家の隣近所には音楽家や退役軍人、医者が住んでおり、新宿通りから奥へ入ったところは、必ずしも「土地柄のあまりよくない町」とは言えない。

ところで、田安通りは、途中から北へ向かって下り坂になるのだが、汚穢屋はこの坂を下りて来たのである。祭りの神輿もこの道を通り、平岡家に練り入って庭を壊したと『仮面の告白』にはある。幼年期にこの神輿を見て三島は神輿担ぎに執着し、後年自由が丘の熊野神社の神輿を担ぐことになる。幼児期に見て記憶にとどめた神輿は、生家近くにあった須賀神社の祭礼の神輿である。

奥野健男は、三島由紀夫には「原風景がない」(『三島由紀夫伝説』)と言うが、永住町の家とその前の坂は、行動が制限されていた平岡公威の小さな原風景ではなかったか。

二　学習院の教育

夏子の選択

「学習院に入れると決めてしまったのは、義母《はは》ですからね」と、村松剛は倭文重から聞いている（『三島由紀夫の世界』）。この言い方には、不満が籠もっていたようだ。公威が学習院中等科に上がるときに、両親は渋谷区大山町十五番地（現・渋谷区松濤《しょうとう》二丁目四番八号）に家を借り、遅まきながら公威を引き取ることにした。祖母の家に週一回泊まりに行くこと、毎日電話をかけることを条件とし、夏子はそれをのんだ。その機会に、と思われるのだが、学習院初等科に通っていた弟の千之《ちゆき》は、近くの区立大向小学校に転校した。通学を考えてのことだろうが、学習院に両親の愛着があったようには思えない。千之はその後、青山中学、浦和高等学校、東京大学法学部を出て外交官となる。公威の妹で千之の姉になる美津子は、三輪田《みわだ》高等女学校から聖心女子学院に通う。三輪田は倭文重の母校である。

学習院初等科は、四ツ谷駅近くにあるので徒歩で通えた。それも理由の一つではあったのだろう。しかし、戦前の学習院は特別のスクールカラーを持っていた。宮内省管轄の国立の学校である。皇族や華族、上級役人、上級軍人の子弟が行く学校というイメージがあった。初等科一年の通信簿には、戸主の姓名と「族籍」という欄があり、そこには「平民」と書かれている。あるいはここに、失意の祖父定太郎の協力があったことも想像される。公威が入学する二年前までの学習院院長は、東北帝国大学総長を務めた福原鐐二郎で、定太郎は東京帝国大学法科大学在学中に、この福原鐐二郎と共著『国際私法』（金港堂、一八九二年）を刊行していたのである。この繋がりが生かされた可能性はあっただろう。

運動

学習院は、かつて乃木希典が院長を務めていたこともあり、質実剛健の気風のある学校だった。公威は入学するとすぐに、第一回の校外運動で明治神宮に行くことになる。一九三一（昭和六）年四月十三日のことである。この年の九月には満州事変が勃発している。そういう軍事的な背景が、身体強化の教育をさらに後押ししたと思われる。何しろ次の第二回校外運動が、八日後の四月二十一日に行われたのである。このときは赤坂の日枝神社に行っている。また、身体検査や体重測定も頻繁に行われていた。身体の〝監視〟である。

幼い頃は祖母から外出を厳しく制限されていたから、公威は外での遊びを知らなかった。運動は全く駄目で、走り方からしておかしかったと同級生の千家紀彦が書いている（「小説・三島由紀夫」）。これではいじめられるか、特別視されるのも仕方がなかった。

肌の色が目立って白かったので、ついたあだ名が「アオジロ」。食も細く太れない体質なので体力がなく、病気がちだった。初等科の頃は、詰め襟の中に湿布を巻いていたという。一年生一学期の授業日数は七十九日で、欠席は十三日だった。三島の肉体コンプレックスは、家庭での生育史から来ているが、学習院の教育環境がより強めたことは想像に難くない。

教練

中等科に入ると、授業に教練が加わった。教練の成績は、はじめは「中」といった無難なところを取っていたが、中等科二年の二学期に「中上」となり、中等科五年の二学期には「上」となる。学習院の成績は「上、中上、中、中下、下ノ五等ニ分ケマス」というもので、これは初等科から高等科まで同じである。高等科一年の一学期も教練は「上」である。

三島の死ぬ直前に催された「三島由紀夫展」(東武百貨店)を見た古林尚《たかし》が、「通信簿で、体育の点数だけがうんと悪かったでしょう」と言うと、三島は「教練はいつも「上」ですよ」と見栄を張る(「三島由紀夫　最後の言葉」「図書新聞」一九七〇年十二月十二日、七一年一月一日号)。教練の「上」は、四十五歳になっても得意だったのだ。

教練のほかに体操、武道といった科目もあるが、どちらも「中」かせいぜいが「中上」といったところである。運動能力では明らかに劣る公威が、教練でよい成績を取ったのは、あるいは体操や武道で「中」や「中上」を取れたのは、反復練習や規律、がむしゃらな取り組みなどが抜きん出ていたからにちがいない。三島由紀夫には、愚直なまでの生真面目さと気迫とがあり、それが彼の活動にしばしば表れる。

学習院の校外運動や身体検査は、明らかに軍国主義を背景とした「規律訓練」(ミシェル・フーコー『監獄の誕生』)だった。むろんその傾向は全国の学校に広まっていたが、皇室の藩屏たる華族の子弟を教育する学習院は、その意味合いが直接的だった。公威の通信簿を見ていると、身体の訓育と監視を通して個人を国家に従属化する教育が、いわゆる学業よりも重視されていたことが分かる。

学習院中等科4年時の三島(1940年). 写真提供:藤田三男編集事務所

運動能力も運動経験もない公威にとっては、厳しい環境だったにちがいない。いわばその逆境に対し、公威は、持ち前のがむしゃらな克己心と反復練習によって自己を馴致しようとした。この規律訓練による活路は、後年のボディビルや剣道、そして自衛隊への体験入隊に繋がっている。三島由紀夫の訓練メニューへの従順過ぎるほどの熱意は有名だった。ボディビルは一時ブームにもなるが、単調なトレーニングの連続でやめていく人が多かった。

しかし三島は、死の年まで続ける。高名な作家となった三島が、少年のように訓練に励み「肉体改造」に取り組む姿勢は、三島を戦中の〝服従の美学〟へ導く道筋でもあった。ともすればそれは権力との親和性を生むことになる。

しかし三島は、それだけの人ではなかった。権力への接近の中で、その権力を破壊するほどの個別性を発揮するのである。三島由紀夫にとって、権力への抵抗や反抗は子どもじみたつまらぬ反発にしか映らなかったのではないか。三島の個別性は、一見権力に進んで近づきながら、その権力の最も核心的な部分、最も痛い部分を思い切り衝くことで、権力の脆弱さを鍛えようとするところにまで至るのである。それは、身体的に劣っていた少年期の「規律訓練」を内面化して取り組んだ果ての、権力側からすれば想定外の内部叛乱であっただろう。

三　ことばの城

詩を書く少年

「詩を書く少年」(「文學界」一九五四年八月号)という二十九歳のときの短編小説がある。十五歳の頃を振り返った、自分をモデルにした小説である。「詩はまつたく楽に、次から次へ、すらすらと出来た」「自分のことを天才だと確信してゐた」「言葉さへ美しければよいのだ」と書かれている。たぶんここには微妙な誇張がある。だが文学には、稀に誇張することで実態に近づくということがある。そして批評を生むのも微妙な誇張である。小説の最後に来て、語り手は突然批評の幅を上げるのだ。「『僕もいつか詩を書かないやうになるかもしれない』と少年は生れてはじめて思つた。しかし自分が詩人ではなかつたことに彼が気が附くまでにはまだ距離があつた」と。

公威の詩は、感動なり印象があってそれを詩のことばで表現しようとしたものではない。そういう詩もないわけではないが、現実世界への感情が表現を促したとしても、単語やフレーズの感触がことばの連なりを作り、詩の世界が見えてくるとさらにことばが繰り出されるといった具合に作られたものだ。そんなふうにして書かれた詩には、読み手を引き入れる力もなければ、次へと引っ張る駆動力もない。凝縮され鮮烈に現れる現象もなければ、ことばが世界を開放することもない。通俗性から逃れようとばかりしているから親しみが持てないし、急激な展開や連想の面白さもなければ、ポカリと空いた空白の充実もない。否定的な面を強調しすぎたきらいはあるが、まずは妥当な評価であろう。

三十二歳のときに刊行された『三島由紀夫選集１』（新潮社、一九五七年）に、三島は「十五歳詩集」と題して十六編の詩を収録した。さすがにこの選別の目は確かである。ここに初めて「凶《まが》ごと」が発表された。

凶ごと

わたくしは夕な夕な
窓に立ち椿事《ちんじ》を待つた、
凶変のだう悪な砂塵が
夜の虹のやうに町並の
むかうからおしよせてくるのを。

（中略）

濃沃度丁幾《のうヨードチンキ》を混ぜたる、
夕焼の凶ごとの色みれば
わが胸は支那繻子《じゆす》の扉を閉ざし
空には悲惨きはまる
黒奴たちあらはれきて

夜もすがら争《いさか》ひ合ひ
星の血を滴《したた》らしつゝ
夜の犇《ひしめ》きで閨《ねや》にひゞいた。

（後略）

この詩には心情の核のようなものがあって、他の詩とは截然と異なっている。不吉な動乱とそれを待つ少年の無力が対比的に表れてはいるが、無力感は抑制され、むしろ待望する黒い期待の大きさが凶事《きょうじ》と釣り合っているようである。二・二六事件の印象が流入しているのは間違いなかろう。「凶ごと」は、公威の前意味論的欲動に触れた詩である。この詩が筐底に秘せられていたのは、危険な隠喩に満ちているからであり、あまりにもあからさまに自己の核心が表現されていたからであろう。三島由紀夫の詩は、短歌俳句も加えると六百五十七編にもなるが、こういう率直な詩の発表を控えたことと、三島少年が詩人でなかったことの認識には通じるものがあるように思える。

お伽噺

初等科一年生のとき、公威は「フクロウ、貴女は森の女王です」といった作文を書き、級友一同があっけにとられたという思い出を、三谷信が書いている（『級友　三島由紀夫』）。「平岡は特別だから」と主管（担任）の鈴木弘一は言ったという。のちに皇太子（現在の上皇）の主管ともなる鈴木弘一は、謹厳実直な先生だったようだ。生活の綴り方を書く授業で、公威はお伽噺を書いてしまったのである。

この鈴木弘一のつけていた教案簿を見たことがある。三年生のときのもので、「平岡ふくろふ」とあり、「題材を現在に取れ」と書かれていた。三谷信の記憶は、三年生のものだったのである。作文を五段階で評価したメモも教案簿にはあり、公威は「2」が二回と「3」が一回だった。

しかしこれが、初等科一年ではなく三年のことだとすると、単なる読書好きの少年の夢見がちな〝作文〟だとは考えにくい。教案簿には、他の生徒の作文について「西瓜とりの実感があらはれてい《ママ》る」「見たままよくかけてゐる」という寸評があるが、これは先生の規範に合致する文章作法の訓練といった意味合いが強そうである。公威がこの学習目的を大きく外すとは思えない。穿った見方をすれば、公威は、故意に作文の「規律訓練」から批判的に逃れたのではないだろうか。

絶対文学言語感

のちの公威の詩を見ていくと、彼にとっての詩とは、〃自己の美意識や理念を生かすことのできる世界〃とでもいった作物《さくぶつ》のように思える。面倒で不如意な現実とは別の自己の世界を作るのだから、一人遊びとしてはこの上なく面白いはずだ。しかもそれが上級生の文学青年に褒められれば、勉強好きな公威のこと、さらに磨きをかけようと精進したのは想像に難くない。

この〃自己の美意識や理念を生かす世界〃を前提とするかぎり、彼には〃絶対文学言語感〃とでもいった揺るぎない価値軸が存在することになる。自他の作品への自信に満ちた鑑賞眼や批評眼は、東文彦宛の書簡に見ることができる。「自分のことを天才だと確信し」「先輩にうんと生意気な口を」(「詩を書く少年」)きくことにもなったのである。

このことを三島由紀夫は、「電灯のイデア――わが文学の揺籃期」(『新潮日本文学45　三島由紀夫集』月報1)で自己解説している。「私は自分がものを書きはじめると、何でもお話にしてしまふことに、われながら困つてゐた」とある。まさに「フクロフ」である。それは、「ありのままの現実」の方が「どこか欠けてゐるやうに思はれ」、それが自分に対する「侮辱」のように感じられたからだという。そこで「現実のはうを修正」することにしたとなる。「幼時の私に、正確さへの欲求が欠けてゐたと言ふよりも、むしろ正確さの基準が頑固に内部にあつたといふはうが当つてゐる」と続くのだ。これは、いま仮に名づけた〝絶対文学言語感〟のことである。幼年期から十代の詩や小説を形成している核はこれである。いや、批評家から「本心がない」と見られていた二十代前半の作品にまでこの言語感覚は及んでいたと見られる。公威の作品は、社会状況がどう変わろうが、周囲がどう言おうが、「頑固」な内的「基準」に沿って書きたいように書いていた作品群である。

さらに、こういう「一種の専制主義」は「扱ひにくい現実に対する、復讐の念を隠してゐた」という洞察もある。「七、八歳のころのこと」だという。これは、鈴木先生の作文教育を、故意に批判的に逃れたのではないかという予想を裏付けているように思う。

「花ざかりの森」

公威が「花ざかりの森」を擱筆したのは、一九四一(昭和十六)年七月十九日のことである。その後、改稿推敲することになるが、第一稿の完成は中等科五年の十六歳のときだった。驚くべき早熟ぶりで、「文藝文化」の清水文雄や蓮田善明が驚嘆したのも無理はない。「文藝文化」は、広島高等師範学校を卒業した清水文雄、蓮田善明、池田勉、栗山理一の四人が出していた国文学の同人雑誌で、同人雑誌でありながら全国に読者を持っていた。

「花ざかりの森」は、三島自身が書いているように、小説というより「物語」と呼ぶのがふさわしい作品である（『三島由紀夫作品集４』「あとがき」新潮社、一九五三年）。中世以降断たれていた貴族社会の物語伝統を受け継ぐ物語で、細部にまで凝った和文体の現代文で綴られる。古典文学の素養や文章構成などを独学で学んだ、見事なことばの工芸品と評したらよいだろうか。

　話は「わたし」という語り手が、祖母と母について語り、そのあと「わたし」の家の祖先や祖先の縁者の「あこがれ」という情念について語ったものである。この「わたし」は、少年三島由紀夫を思わせるところも多々あるが、注意して読むと、年齢不詳の別の人物として造形されていることが分かる。中世の熙明《ひろあき》夫人の「あこがれ」が見た「おほん母」（聖母マリア）の顕現、平安朝末期の物語作者が初めて見た「海」への怖れ、祖母の叔母が過ごした「南のくに」と「海への熾《さか》んなあこがれ」の話が並んでいる。この三人の女性の話を「わたし」が語り直しているのだが、祖先の「あこがれ」が生み出したロマン的体験を、「わたし」は「追憶」によって楽々と一体化し言語化するのである。貴重な体験の重みと、それをことばで表現することとの間に越えるべき壁がない。それがこの作品の最大の問題であり、作者の問題でもある。

「文藝文化」1941 年 9 月号.
県立神奈川近代文学館所蔵

　だから工芸品と言ったのだが、詩とは異なり、長い物語は素材や文学的教養だけでは組み立てられない。どうしても作者の資質が表れ出てしまい、そこに近代小説らしさがアクセントのように組み込まれる。例えば、幼い頃わずかに海を見たことのある少女が、「海はどこまでいけばあるの。海はとほいの。海へゆくには何に乗つてゆくの」と聞くと、失意の中にあった勤王派の兄は「海なんて、どこまで行つたつてありはしないのだ。たとひ海へ行つたところでないかもしれぬ」と答える場面などは、古典文学の抒情からは鋭くはみ出している。「どこまで行つたつてありはしない」「海」というロマン主義的な観念が少女に植え付けられ、「あこがれ」を強めていく。

三島由紀夫が日本浪曼派の影響下から出発したと言われる所以だが、事実は、三島の中に日本浪曼派的な思考や感性が育っていて、たまたま日本浪曼派周辺の「文藝文化」が彼の作品を掲載したということである。「花ざかりの森」はもともと学内の「輔《ほ》仁会《じんかい》雑誌」に発表する予定で書かれた作品である。それが清水文雄の目に留まり「文藝文化」に掲載されたことで、「文藝文化」は、三島のロマン主義的心情を無批判に育ててしまうことになる。それは、〝自己の美意識や理念を生かすことのできる世界〟を言語化し具体化する作業にさらに熱中させ、敗戦後の民主主義文学や日本浪曼派嫌悪の文学状況とのずれを生じさせたばかりか、文学への根本的思考を遅らせることになるのである。

第二章　乱世に貫く美意識——二十歳前後

学習院高等科に進学した一九四二年(昭和十七)年の十七歳から、戦後、職業作家として立つ決意をし、『仮面の告白』を構想した一九四八(昭和二十三)年の二十三歳までを概観しておこう。

前年の一九四一(昭和十六)年十二月八日、日本海軍はハワイの真珠湾を攻撃し、米英との戦争に突入する。十六歳で、すでに「三島由紀夫」という筆名を使い始めていた公威の青春は、アジア太平洋戦争の真っ只中で過ごされる。二十歳《はたち》になれば兵隊に取られ、運が悪ければ死ぬことになるだろうと、青年がそう思うようになっていった時代である。翌年、学習院中等科を卒業する。五年次の席次は二番だった。そのまま高等科に入学、文科理科に分かれ公威は文科乙類に入る。高等科での成績は、常に文科の首席だった。文芸部の委員長に選ばれ、輔仁会の総務部総務幹事になった。学内の文化活動の中心的存在である。この頃から頻繁に歌舞伎を見るようになり、のめり込んで「芝居日記」をつけ出す。

「花ざかりの森」連載のあとも、「文藝文化」には引き続き小説や随筆を発表し、学生ながら準同人的な位置にいた。高等科の先輩である東文彦、徳川義恭《よしやす》と同人雑誌「赤絵」を創刊した。戦時下最後の大会となる輔仁会春季文化大会では、公威の書いた戯曲「やがてみ楯と」が上演された。初の上演作品である。

一九四四（昭和十九）年九月に学習院高等科を卒業。首席での卒業で、精工舎製銀メッキの懐中時計（恩賜の銀時計）を受ける。十月には東京帝国大学法学部法律学科独法に入学した。法学部は父の勧めに従った。

大学入学前に公威は徴兵検査を受けている。徴兵適齢が満十九歳に引き下げられたからである。検査の通達は、祖父の生まれ故郷である本籍地の兵庫県印南《いんなみ》郡志方村から発せられ、隣町の加古川公会堂で受けた。第二乙種合格となる。甲種と乙種の差は身長と胸囲の比率による。大学に入学しても、三カ月後には勤労動員に駆り出された。群馬県新田郡太田町の中島飛行機小泉製作所である。幸い、事務に配属され、仕事をさぼっては小説「中世」を書いていた。この時期に召集令状が来る。父梓と本籍地に行き、入隊検査で右肺浸潤と誤診され即日帰郷《そくじつきごう》となる。帰京してもしばらくは勤労動員先には戻らず、家で「サーカス」の原稿を書いていた。書く時間が惜しかったのである。当時一誌だけ刊行していた文芸誌「文藝」に原稿を持ち込み、野田宇太郎に「サーカス」ではなく「エスガイの狩」を採ってもらった。

恋愛も進行していた。学習院での友人の妹と親しく話をするようになり、手紙の遣り取りをしていた。軽井沢に疎開したこの家族を訪ね、接吻を交わした。『仮面の告白』の「園子」である。勤労動員先が、神奈川県の高座にある海軍高座工廠に変わる。ここでも、小説執筆に時間を割いていた。そして敗戦となる。かまわず「岬にての物語」の執筆を続けた。

二十歳で敗戦を迎えた三島由紀夫は、ほとんどの日本人がそうであったように「戦後」を想定していなかった。終戦前に恋人の兄から結婚の打診があったものの、逡巡して曖昧な断りの返事を出すと、まもなく彼女は他家に嫁いでしまった。同じ頃、妹の美津子がチフスに感染し亡くなってしまう。この二つの喪失は大きな打撃だった。

さしあたり小説を書いて生きていくことしかない。原稿を雑誌編集部に持ち込むが、学生の新進作家などほとんど相手にされない。掲載されても評価は散々である。川端康成を訪ね、「煙草」を雑誌「人間」に載せてもらったのが救いの手だった。「人間」の編集長木村徳三が助言をしてくれて、それを頼りにした。

しかし、文筆で身を立てるのは容易ならぬと知り、就職のための勉強もいやいやながらしていた。高等文官試験を受けて百六十七人中百三十八番で合格し、辛くも大蔵省に入省した。それでも小説執筆の勢いは止まらなかった。大蔵省を辞めて職業作家として書く決意をしたところに、河出書房から書き下ろし長編小説の依頼が来た。渡りに舟であり、背水の陣でもあった。小説の題を『仮面の告白』とし、自己を素材にして徹底的に自分を解剖しようと決意した。

一　戦争の仕度

輔仁会大会

輔仁会《ほじんかい》は、学習院学生の体育活動や文化活動を統括する組織である。一八八九(明治二十二)年創設で長い歴史を誇っている。機関誌の「輔仁会雑誌」(一八九〇年創刊)には、平岡公威も詩や小説を発表しているが、過去には「白樺」派の武者小路実篤や志賀直哉、木下利玄、有島壬生馬(生馬)、長与善郎らも投稿した。高等科二年になると、輔仁会の総務部総務幹事に選ばれた。幹事は公威と渡辺嘉男、前田宰三郎、岩城隆清の四人で、渡辺と岩城については詳らかにしないが、前田宰三郎は、高等科の卒業式で文科の公威とともに理科総代になった人である。成績優秀な優等生が選ばれたのであろう。クラブ活動の予算編成や、初等科から高等科学生までが参加する運動会、文化発表会である輔仁会大会の運営が主な仕事である。

しかし高等科学生ともなると、優等生たちは大人しくしていない。弁論部と総務部合同の「学習院問題に関する弁論大会」や総務部幹事が招集する朝礼を企画し、学生課長でドイツ語担当の桜井和一と悉く対立した。また、輔仁会春季文化大会で、公威は翻訳劇を企画して山梨勝之進院長から却下され、演劇自体を禁じられてしまう。折衝の末、学生の士気を鼓舞する創作劇ならば許可すると言われ、公威が戯曲を書いた。それが「やがてみ楯と」である。この輔仁会大会は一九四三(昭和十八)年六月六日に開かれ、戦時下での最後の大会となった。弁論大会も朝礼も、結局実施される運びとなったが、学校側は、学生の自主的な活動をひどく警戒していた。

しかしこれらの活動は、事前検閲を受けての実現で、ごく穏当な内容にとどまったものと思われる。輔仁会大会で演じられた平岡公威作・演出の「やがてみ楯と」にしても、病弱な体を押して防空演習に参加し倒れた学生が、奮起して鍛錬し無事入営するという話である。体制順応的な妥協の作物でしかなかった。それゆえに観客は感動し、涙を流した学生もいた。三島由紀夫は後年、恥ずかしくて当日は欠席したと語っているが(三島由紀夫・川田雄基「三島由紀夫さんに聞く」)、これは記憶違いか嘘にちがいない。「総務幹事日誌」には公威の文字で劇評が綴られていたからである。演劇を上演したいという思いが安易な妥協を招いたわけだが、当日は欠席したという発言に苦い思いが窺われる。

徴兵検査

高等科三年に進級した公威に、「徴兵検査通達書」が届く。一九四四(昭和十九)年四月二十七日のことである。十九歳での徴兵検査である。発信者は、兵庫県印南郡志方村村長の陰山憲二。

痩せて腺病質の公威を心配した人が、田舎で検査を受ければ頑強な農村青年と比べられ、その違いが目立つと入れ知恵をしてくれた。むろん徴兵を免れるためである。現在は加古川市となっている志方村は、祖父定太郎の出身地で、平岡家の本籍地である。公威はこれまで一度も志方村を訪れたことがない。

五月九日に出立した。そして五月十六日に、「レントゲン検査・壮丁教育調査通達書」により、午後一時から徴兵署の置かれた加古川公会堂で検査を受けた。この間、どこに宿泊したのかは分かっていない。翌十七日には「徴兵検査通達書」により、午前七時に加古川公会堂に出頭して検査を受けた。検査では、砂を入れた米俵を持ち上げることができなかったが、第二乙種合格となった。

徴兵検査を受けた後に父・平岡梓と(1944 年 7 月). 写真提供：藤田三男編集事務所

勤労動員

一九四四年の九月九日には、学業短縮措置により半年早く学習院高等科を卒業した。公威は文科の総代となり、理科総代の井出幸三、前田宰三郎とともに山梨勝之進院長に連れられて宮中へお礼の参内をした。『仮面の告白』では、その自動車の中で、特別幹部候補生に志願しなかったと聞いた院長が「これも君のデステネイだ」と言う場面がある。志願書を出して高等学校を卒業すれば、士官となり一兵卒の軍隊生活は免れた。山梨県山中湖村の三島由紀夫文学館には、幹部候補生の志願書(あるいはその下書き)があり、書類は書いたものの提出しなかったと思われる。

夏休み前の七月二十日には、東京帝国大学法学部に合格した。高等科卒業生六十名のうち、東京帝大十九名、京都帝大十二名、東北帝大十名、九州帝大二名、大阪帝大一名、名古屋帝大二名、千葉医科大四名、東京工業大八名、その他の大学二名で、全員が高等科からの推薦による合格で、試験も何もなかった。

十月一日に大学に入学したものの、翌年の一月十日には、勤労動員で群馬県太田町の中島飛行機小泉工場の寮に入った。休電日にも帰京はできないと聞いていたが、さほど規則は厳しくなく、早くも一月十四日には帰宅している。二十歳の誕生日である。兵隊に取られて死ぬのは、目の前に迫っていた。

この日公威の母は、誕生日の祝いにホットケーキの乳液を用意して待っていた。『天人五衰』(一九七〇年)に、七十歳を越えた本多繁邦が、母親にホットケーキを焼いてもらったことを夢に見て、床の中で反芻する場面がある。中等科五年の雪の日に、帰宅すると母親が火鉢の上の小ぶりなフライパンで焼いてくれた。「生涯本多はあんな美味《おい》しいものを喰べた記憶がない」と思う。妙に実感の籠もったこの挿話は、三島の実体験だったように感じられてならない。

公威は、総務部調査課文書係に配属され、仕事をよそに「中世」を書いていた。両親宛への葉書も毎日のように書いている。近況のほか歌舞伎の上演情報の入手やチケット購入の依頼、帰京するための理由や連絡方法、入営時期のことなどが主な内容である。家からしかるべき連絡があれば、すぐに帰宅できるように画策し、父親にその理由の書き方を細かく伝授している。友人の中には、役所から入営時期を聞き出した者が複数あるので、ぜひそうしてほしいとこれも父親に頼んでいる。そうして二月四日に入営通知は届いた。

入営通知

二月四日の夜八時に、勤労動員先から帰宅した。入営通知の電報が来たのは、二時間後の午後十時だった。「ホンツキ一〇ヒ一二ジ　カサイグ　ントミアヒムラクリスブ　タイニニウエイセヨ」云々とある。太田町の動員先から自宅までは「最短三時間、最長五時間」かかると、三島由紀夫文学館に保管されているメモに書かれている。就業時間は午前七時三十分から午後五時三十分だから、午後八時に帰宅できたのは早退したからだと思われる。それより入営通知が届く日に帰宅しているのは、偶然にしてはタイミングがよすぎる。

この日公威は、「入営が四、五月以後とは運の好いことでありました」という葉書を両親に書いている。結果的に誤情報だったが、入営時期を村役場から聞き出したのである。そして「とにかく六日にかへらうと思ひます」とも書いている。二月四日のこの日は、帰宅する予定はなかったのだ。葉書のはじめの方に「又昨晩はお電話をありがたう」とあるから、寮へは電話が通じ、この日は家から電話があって急遽帰宅したものと考えられる。

本籍地で徴兵検査を受けたのは、虚弱な体格を目立たせるためばかりではなく、はじめから村役場の召集情報を引き出す意図があったからかというと、さすがにそこまでは意図していなかったようである。あらかじめ入営時期を摑めると公威が知ったのは、動員先でのことだった。両親宛の一月十四日付の葉書には、友人のこととして「今から二月廿日入営がわかつてゐれば、ずいぶん得なることよ、と感心致候」とあるからだ。しかしその後、梓が何らかの手段で役場から召集の情報を引き出し、急遽今日(二月四日)発せられるのを知り、動員先に電話をかけて公威を帰宅させたと推測されるのだ。

入営は二月十日である。出立までに遺書を書き、遺髪と遺爪を用意した。遺書には、両親と恩師への感謝を記し、学友の前途を祈念し、妹弟に親孝行を託すと書いた。さすがに死もありうると覚悟したのだろう。この四角四面の遺書には、前意味論的欲動による死の予感がほの見える。遺髪は丸刈り頭なので数ミリの短いものである。これは封筒にきつく糊付けしてあるのを開いてあらため、三島由紀夫文学館の収蔵庫に保管してある。そのことを初代館長だった佐伯彰一に伝えると、「三島さんらしい大袈裟なことをするなあ。普通はしませんよ」と言った。

ところで、梓は遠い本籍地から発せられる入営時期をどのようにして知ったのであろうか。もちろん、「知った」というのは推測に過ぎないのだが。

即日帰郷

入営には父とともに出立した。徴兵される男子が親と一緒に出立するというのは、おかしなものかもしれない。しかし梓の同行には、親馬鹿とも言えない事情があったようにも思えるのだ。

二月六日に出発した。風邪をひいて寝込んでいた母の倭文重が、髪を振り乱して見送った。志方村に着いた公威は発熱し、それがもとで即日《そくじつ》帰郷《きごう》となるのだが、倭文重の風邪をうつされたのであれば母の愛となるところである。だが、そうではなかった。二月四日付の三谷信宛葉書には「鹿島にカゼをうつされてきのふは僕が寝込み」と書いているから、公威の入隊を阻んだのは学習院の友人鹿島だった可能性の方が高い。

志方村では、好田《こうだ》家に泊まった。医者を呼び薬を飲んだが、裸にされての入隊検査でまた熱がぶり返した。右肺浸潤の診断が下され、「右兵役法第四十七条ノ規定ニ依リ昭和二十年二月十日帰郷ヲ命ジタル事ヲ証明ス」と記された「帰郷証明書」を受け取った。「右肺浸潤」は誤診である。『仮面の告白』には「私の出たらめの病状報告」もあったと書いている。部隊長は栗栖晋で、栗栖部隊は戦地には行かず、小田原で終戦を迎えることになる。三島はこの部隊は南方に行って全滅したと思っていたようだが、次の勤労動員先である神奈川県高座とさほど離れていないところにいたことになる。

ところで即日帰郷ということばに二度「そくじつきごう」と読み仮名を振ったが、これは大西巨人の『神聖喜劇』(作者が「今日における決定版」と言う光文社文庫、二〇〇二年)の「第一部絶海の章」の「第一　大前田文七」に、「軍医は(中略)明らかに好意的に「後輩」の私を即日《そくじつ》帰郷《きごう》処分にしようとした」とあるのに倣ったものである。手持ちの辞書では「きごう」に「帰郷」の項目はないが、異様な記憶力を持ち、軍法や軍隊用語に精通している「私」(作中の東堂太郎。作者にもそういう記憶力があったという)の語りを信用することにしたからである。

入隊検査は富合村の高岡廠舎《しょうしゃ》で受けた。加古川から加古川線で行き青野ヶ原で下車し、地元の人が「皿山」と呼ぶ小高い丘の上まで歩く。即日帰郷を言い渡されると、梓は東京へ帰ってもよいかと念を押し、二人で一目散に駅まで走ったと『伜・三島由紀夫』に書いている。駅までは見通しのよい平地である。走ったのは、呼び戻されるという恐怖感があったからである。

その晩は、また好田家の厄介になった。梓がついて来たのはこの好田家と関係があるからである。

平岡家

志方村には、当時も今も平岡家の本家がある。現在の加古川市志方町である。この平岡家には、「平岡家々図昭和五十八年三月吉祥日十代目正道謹書」と記された系図がある。「十代目」とは、十七世紀後半から十八世紀にかけての孫左衛門を初代とするものである。もう一つ、梓が依頼し小野繁が一九七一年二月に作成した「平岡家系図解説」が存在する。小野繁は、定太郎の妹むめの子である。手許の資料の来歴は、公威の母方の従弟《いとこ》である江村宏一が所蔵していたコピーで、梓が親類に配布したものと思われる。どちらの系図も菩提寺である志方町の真福寺の過去帳をもとに作られたもので、やはり孫左衛門から始まっている。万年筆で書かれた小野繁の系図の解説には、「真福寺（加古川市）は志方村城落城後の承応元年（一六五二年）の建立で平岡家の過去帖によれば元禄年間以後のもの（禅宗の寺院制度は世襲《ママ》制でなく住職一代制のため交替の都度文献伝承の継承が失はれて行くので調査は困難）」とある。真福寺は曹洞宗の寺である。

公威の曽祖父にあたる八代目太吉について、「平岡家系図解説」には「平岡太吉は裕福な地主兼農家で、一方田舎では所謂風流な智識人で腰には矢立を帯び短冊を持ち歩いた（之が当時の旦那衆の象徴的な姿)、我子萬次郎定太郎両名を明石の橋本関雪の岳父の漢学習字の塾に入れ勉学させ、次で東都に遊学させた、太吉の妻も頗る賢夫人として土地では有名であった」とある。長男萬次郎は専修学校(現在の専修大学)を出て弁護士となり、その後衆議院議員に転じる。福島県知事、樺太庁長官を歴任する次男の定太郎とともに、志方の平岡家をさらに大きくした。平岡家は山陽線の宝殿駅から直線距離にして五、六キロ北にあるが、駅から家まで他人の土地を踏まずに来られたと地元では言われている。

この平岡家を継いだのは三男の久太郎で、公威と梓が入隊検査で志方村に来たときには、その子の義一(梓の従兄)の代になっていた。しかし義一の代には平岡家は極貧の生活だったと、真福寺の岡富美子(一九一九年生まれ)は言う。「昔の小作人に使われ、屎尿を汲み取って生活していた」というのである。太吉の先代の太左衛門の時代から、新田開発と沿道での商売が当たって財力をつけ、遊学させた萬次郎と定太郎の出世によってさらに発展した平岡家は、久太郎か義一の代で没落した。岡富美子は没落の事情は分からないと言いながら、久太郎か義一が蕩尽したのかという問いには、そういう話は聞かないと答えた。考えられるのは定太郎の借金である。『仮面の告白』には「祖父の倒産以来一坪の土地もない郷里」と書かれている。「倒産以来」ということは、樺太での借財以外にも「祖父の事業慾」が関係していたのだろう。定太郎は一九四二(昭和十七)年に死去している。

そうならば、定太郎の一人息子である梓は、どのような気持ちで志方村を訪れたのか。本家の敷居は高かったはずである。義一の母、久太郎の妻かねはまだ存命だった。

梓と公威が泊まった好田家は、平岡家から数百メートル離れたところにある、二つの土蔵と広い土間を持ち三間続きの座敷のある大きな家だった。梓も公威も都会人で、顔向けのできない極貧の本家には泊めてもらうことなどできなかったのであろう。

好田家

しかし、平岡本家に泊まらなかったのは、敷居が高かっただけではなかった。泊めてもらった好田家との浅からぬ関係があったからである。一九六〇（昭和三十五）年九月十六日付の、三島由紀夫から志方の好田光伊《みつい》宛書簡を、光伊の娘稲岡紀子が所蔵している。夫婦で海外旅行に行くのと妻瑤子の運転免許証更新のために、戸籍抄本を取ってほしいという依頼が書かれている。本籍地に住む好田光伊（三島は「光伸」と誤記している）にこのような頼み事をするのだから、気の置けない間柄であったことが窺える。

光伊の娘稲岡紀子の話をまとめてみよう。一九〇八（明治四十一）年生まれの好田光伊は、早稲田大学法学部に入学すると、同郷の平岡定太郎を訪ね、以後たびたび平岡家に出入りした。公威の勉強を見たり、海水浴にも一緒に行ったという。大学卒業後は、定太郎や梓の勧めで農林省に入省した。梓の後輩になったのである。定太郎の葬儀を好田が手伝っていると、商工大臣を務めた王子製紙の藤原銀次郎が弔問に訪れ、破格の一万円を香奠として置いていったと、『志方町誌』(印南郡志方町、一九六九年)にある。好田光伊の談話である。一九四四(昭和十九)年七月には、日本瓦斯《ガス》木炭株式会社に入社した。この会社は梓の天下り先の国策会社で、梓が社長をしていた。給料明細が残っているが、年俸が大きく上がり、悪い転職ではなかった。

もしかすると、田舎で徴兵検査を受けた方が得策だと入れ知恵したのは、好田光伊かもしれないという想像も湧く。入隊のために公威と梓が志方に行ったときには、光伊はまだ東京にいた。妻は紀子を連れて志方に帰り、紀子の兄も帰っていた。紀子の祖父母と光伊の弟の妻と子どももいた。発熱した公威を看病し医者を呼んだのはこの人たちであり、それ以前におそらく役場から入隊時期の情報を引き出したのもこの家族である。公威が葉書で梓をせっつき、梓と光伊は東京で連絡を取り合い、志方の家に光伊が伝えて役場の人間に働きかけた、ということだったのだろう。

戦争観

このように見てくると、三島由紀夫の戦時への取り組みは、きわめてプラクティカルなものだったと言える。勤労動員先や入隊地までの経路や時間、持ち物のリストを記したメモが、三島由紀夫文学館にはある。戦争の激化と徴兵年齢の重なりをいたずらに嘆くこともなく、滅私奉公の精神を振り回した跡もなく、学業や私生活を擲って軍国主義に寄与することはさらになかった。戦争状況を批判的に見る時代認識も現れ出ていない。ましてや来るべき戦後を想定し、そこから戦時の現在を眺める目は、年齢と文化資本の両方によって妨げられていた。

三島の場合、時代状況に順応し、最良の適応に努めた形跡が見られる。そこにエゴイズムを見ることもできるが、生活の極度の悪化の中で働くエゴイズムを批判することはできない。むろんエゴイズムを抑制した自己犠牲もありえたが、総力戦の最中《さなか》では、それは公的な栄誉に祭り上げられてしまう危険もあった。時代に対して、三島の前意味論的欲動が表れたのは、わずかに入隊前の遺書と遺髪遺爪くらいである。

日米開戦の折に書いた詩「大詔」（「文藝文化」一九四二年四月号）には、「かちどきは今しとよめど／吉事《よごと》はもいよゝ重《し》けども／むらぎものわれのこころは　いかにせむ／よろこびの声もえあげずたゞ涙すも。」という詩句がある。「ど」「ども」の逆接の接続助詞で興奮を鎮め、「涙」で感情を表出したものだが、これは「文藝文化」の感動表現を模倣した詩句である。題も同じ伊東静雄の「大詔」には「――誰か涙をとどめ得たらう」とあり、それを引用した蓮田善明は「又涙をとどめ得なかつた」（「後記」「文藝文化」一九四二年二月号）と書き、清水文雄も随筆「民の心」で、戦況のニュースを聞いて「ひそかに涙する」（「文藝文化」一九四二年三月号）と書いていた。十七歳のときの聖戦思想は、徴兵年齢が近づくにつれ後退し、現実的な状況への対応に追われるようになっていったのである。

したがって、磯田光一の言う「恩寵としての戦争」という見方（『殉教の美学』）も、実態とはかけ離れているように思う。後年、三島由紀夫は『私の遍歴時代』（講談社、一九六四年）で、戦争の時代を「自分一個の終末観と、時代と社会全部の終末観とが、完全に適合一致した、稀に見る時代であつた」と述べている。ここにはしかし、単純化による一種の美化があるのではないか。このような自分と時代や社会の「終末観」の「一致」が事実だとしても、生き延びた人間の過去を「終末観」に一元化する観念化がここにはある。むしろ即日帰郷による安堵と露わにされた肉体的劣等感といった、この時代を生きた三島の心情は無視できない。「若人よ蘇れ」（「群像」一九五四年六月号）に描かれた勤労動員の群像劇の方が、知的青年の個人に内包された多様性を表していて、正直な心情が表れていると思われる。

二　初恋の女性

友人の妹

『わが思春期』という、十代の主に女性読者向けの雑誌「明星」（一九五七年一〜九月号）に連載された回想記がある(集英社、一九七三年)。そこでこの友人の妹とのことを、三島は「私の初恋」と言っている。この初恋は、「夜の仕度」(「人間」一九四七年八月号)、『盗賊』(真光社、一九四八年)、『仮面の告白』にも作品化された。彼女の名前も結婚後の姓も住所も分かっているが、当人の意向を汲んでK子と呼ぶことにする。

三島由紀夫が東大に入学が決まった夏に、この友人の家でK子の弾くピアノの音を聞いた。『わが思春期』によると、それまでにもお茶を運んできたK子に会ってはいたが、そそくさと下がってしまうのであまり注意を払わなかったという。唇の上に産毛があって、化粧はしていなかった。もんぺではなくスカートで「くつ下の足」を見せていた。

三島はまもなく勤労動員に行き、そして召集される。即日帰郷で戻ったあと、入隊したこの友人の面会があり、三島も一緒に行くことになった。待ち合わせの駅で、彼女が階段を下りて来たとき、目が合ったと思い「非常な幸福」を感じた。

この一家が軽井沢に疎開して、三島に遊びに来ないかという誘いが来る。この別荘は今世紀になってもまだ残っていて、松本徹が検証した(「三島由紀夫の軽井沢――『仮面の告白』を中心に」)。初夏の雨上がりの草地で接吻を交わした。このあと、K子の兄から結婚の打診があるが、三島は不得要領な断りの返事をしてしまう。まだ二十歳で学生の身であり、いつ兵隊に取られるかも分からない……。戦争が終わると、その翌年にK子は別の男と結婚してしまった。この日、三島は珍しく泥酔したという(村松剛『三島由紀夫の世界』)。

同性愛

この初恋と失恋はすでに知られていたものの、村松剛が『三島由紀夫の世界』で大きく取り上げて以来、三島のセクシュアリティの問題として注目されてきた。『仮面の告白』では、女性に性的な欲望を感じないことが結婚を躊躇した理由になっていたが、「ぼく自身がもつ若干の知識に照らしても、まさに(初恋の―引用者注)経緯はそこに書かれているとおりだったと思われる」と述べ、「ただ一点、主人公を同性愛に仕立ててあるということを除いては」と言い添えたのである。三島と個人的にも親しかった村松のこの評伝の軸が、三島についての「誤解」を正すというものだったので、三島が「同性愛」ではなかったということの記述は一定の信憑性を持ったのである。

『仮面の告白』や『禁色《きんじき》』では、男性同性愛が題材になっていた。そこから作者の性指向も想像されたが、事の性質上、事実かどうかの確定は難しかった。『仮面の告白』にせよ『禁色』にせよ、主人公の同性愛が社会や人間を逆説的に見るフィクショナルな設定と見なされることもあったのである。そこに村松剛が、K子との「初恋」を調べて論じたことで、三島の同性愛指向は根拠のない「伝説」だということになっていった。

そこに福島次郎の実名小説『三島由紀夫　剣と寒紅』(文藝春秋、一九九八年)が登場するのである。熊本から上京し、学生時代に三島と性的な関係を持った作者が、実名小説の形式で三島のセクシュアリティを描いたのだ。しかしこの著作は、出版されるとすぐに出版中止、回収という東京地裁の仮処分が下された。それは著作権法違反の疑いのためであり、プライバシーの侵害ではなかった。この小説には、三島由紀夫から福島次郎に宛てた書簡が十六通引用されていたのである。明らかに作者と出版社のミスである。手紙の所有者は福島次郎だが、著作権は三島由紀夫の著作権継承者にある。グイド・レーニの「聖セ《サン》バスチャン」の絵を表紙にあしらった『三島由紀夫　剣と寒紅』は書店の店頭から消えた。しかし、三島のセクシュアリティは、それを知り緘黙していた人以外の人にも知られてしまったのである。

だが、興味深いことに、福島次郎はこの小説の中で、三島の書簡を神保町の古書店に売却したと書いているのである。ということは、この小説に引用したという三島書簡が、三島の著作物かどうかは確認しようがないということになる。福島次郎の創作かもしれないのだ。そういう状況下で、裁判所の仮処分は決定されたのである。——ところが、福島次郎が売却した書簡の写しを見る機会があった。校合したわけではないが、『三島由紀夫　剣と寒紅』に引用されたという書簡は、売却された書簡と同じものであった。

この『三島由紀夫　剣と寒紅』に背中を押される形で、堂本正樹が『回想　回転扉の三島由紀夫』(文春新書、二〇〇五年)を書いた。この本は、堂本が以前から信頼できる人にだけ語っていた三島の性的傾向をぶちまけてしまったものである。堂本正樹が三島由紀夫と初めて会ったのは、『仮面の告白』が刊行される一カ月前の一九四九(昭和二十四)年六月だという。『仮面の告白』では、自己の性指向を特殊なものだと思い込んだ主人公が、孤立感を深めていくが、『禁色』の喫茶兼バー・ルドンのモデルとなったブランズウィックで会った三島は、すでにその世界では〝顔〟だった。三島の残虐趣味、切腹趣味など三島と親しく交際した人しか知らない一面が、虚偽とは思えぬ具体的な筆致で書かれている。

ジョン・ネイスン『三島由紀夫──ある評伝』(野口武彦訳、新潮社、一九七六年)には、リオデジャネイロでの三島の少年愛的な振る舞いが少しだけ書かれていたが、福島次郎と堂本正樹によって、それ以前から三島の同性愛行為のあったことがはっきりしたのである。

同性愛と異性愛

では、K子への初恋はどういうことなのか、という疑問は愚問と言わざるをえない。『仮面の告白』や『わが思春期』を読む限り、間違いなく三島はK子への愛情を抱いていた。LGBT概念が普及した現代では、この点の理解は容易であろう。同性愛傾向のある人が異性を愛するのは、ごく普通のことである。しかし三島が二十歳だった時代では、そうはいかなかった。

三島はＫ子を、強制的異性愛イデオロギーとロマンチック・ラブ・イデオロギーの規範でしか見られなかったのである。愛している以上性愛に至らざるをえず、そして結婚へと向かうのが当然だという規範に不可能を感じ、離れざるをえなかったのだ。

三島由紀夫には、一方で母親倭文重との親密な関係があり、傍目にはその振る舞いが異様なものに映ったと何人もの人が述べている。母は自分にとって女性であるが、インセスト・タブーにより母に女性を見るのを禁じた三島は、女性を性愛の対象とすること自体を禁じてしまったのだろうか。それが同性愛傾向を目覚めさせたのか。しかし、三島の切腹趣味や残虐趣味が、「ゴッコ」として性愛の前戯だったという堂本正樹の『回想』からすれば、前意味論的欲動は男性同性愛の行為において満たされることになる。

同性愛を描いた『仮面の告白』『禁色』は、今世紀になってみれば、性の多様性という題材によってむしろ高く評価される。異性愛を「正常」とする作品の規範性に時代的な限界はあるものの、日本の近代文学が男性同性愛文学の傑作を持ったことは、誇れることである。

三　韜晦する文学

美意識の固執

大阪の富士正晴が奔走してくれて、作品集『花ざかりの森』が七丈書院からやっと刊行されたのは、東大入学の二週間後の一九四四(昭和十九)年十月十五日である。しかしこの奥付の日には、まだ本は出来上がっていなかった。十七日に見本本が届き、それを入隊する三谷信に上野駅で献呈した。奥付の著者略歴には紙が貼ってあり、それを剝がすと「本名・平岡公威・大正四年生・学習院高等科在学中」とある。「大正四年生」では十歳も年上になってしまう。訂正紙を貼ったので、さらに発刊が延びてしまった。それでも四千部刷って一週間で売り切れたというから驚く。人々は新刊本に飢えていたのである。三島を知らない芥川比呂志や吉本隆明がこれを買って読んだ。統制下で増刷はなかった。

戦中から戦後にかけて、三島が時勢に逆らわずに実務的に動いたのは、小説を書きたい一心からだった。即日帰郷になってからも、勤労動員先には戻らず書いていた。この時期の小説も十代半ばの詩と同じで、〝自己の美意識や理念を生かすことのできる世界〟だった。空襲や本土決戦の危機を感じながらも、戦争とは無関係の作品を作っていた。だから敗戦にも動揺することはなかった。その証拠に、終戦をまたいで書いていた「岬にての物語」がある。良家の青年と少女の心中をメルヘンチックなテイストで描いたこの小説の途中には、「〃』〃があつて、「昭和二十年八月十五日戦ひ終る」などと注記して」あるという（「八月二十一日のアリバイ」）。この原稿は見つかっていないが、注記は嘘ではないだろう。

小説の題材は多様である。足利義尚を失った父義政の悲嘆を描いた「中世」（『文藝世紀』一九四五年二月号ほか、『人間』一九四六年十二月号に全編）、モンゴルの貴族エスガイが他人の妻を奪いその哀しみを知る「エスガイの狩」（『文藝』一九四五年六月号）、黒島の王が妃の姦通に怒るが魔法をかけられてしまう話「黒島の王の物語の一場面」（『東雲』一九四五年六月号）、鵺《ぬえ》退治によって結ばれた頼政と菖蒲前の愛を描いた「菖蒲前」（『現代』一九四五年十月号）、華族学校での上級生へ淡い愛情を描いた「煙草」（『人間』一九四六年六月号）、十八歳の退廃的な青年について語る五人の女の陳述と、青年の日記で構成された「贋ドン・ファン記」（『新世紀』一九四六年六月号）、夏休みの少年が美しい心中に立ち会う「岬にての物語」（『群像』一九四六年十一月号）、『古事記』『日本書紀』の翻案である心中ものの「軽王子《かるのみこ》と衣通《そとおり》

『花ざかりの森』（1944 年 10 月七丈書院刊），県立神奈川近代文学館所蔵

姫《ひめ》」(「群像」一九四七年四月号)、パン屋で働く青年が鴉と親しくなり化かされる話の「鴉」(「光耀」一九四七年八月号)などである。戦争も敗戦も影すら射していない。また、前意味論的欲動も現れ出ていない。美意識や理念の方が先行して時勢との関係が失調している気味である。

戦後、「展望」の編集に携わっていた中村光夫が、三島の持ち込んだ小説に「マイナス百五十点」をつけて没にした話は有名だが、この極端な落第点は、三島の作品が〝自己の美意識や理念を生かすこと〟だけで作られたものだったことを証している。

ラディゲ

それを助長したのがレイモン・ラディゲの『ドルヂェル伯の舞踏会』だった。中等科三、四年生の頃に読んだ堀口大學訳の乾いた文体に魅せられてしまったのである。文末に多用される「のだつた」というフランス語の半過去形の訳語にはとりわけ惹かれた。「……今さら乍ら自分の気持におどろき呆れて、玲子を見ることさへ躊躇《ちうちよ》されるのだつた」(「心のかゞやき」未発表、一九四〇年三月擱筆)といった文体模倣《パスティーシュ》めいた文が書かれた。過去に継続していた動作や状態を表すこの半過去形は、微かに余韻を引きながら冷たく言い切る印象を残し、作中人物の心理を断定するのに適していた。一七世紀の心理小説を二〇世紀にリニューアルしたラディゲの『ドルヂェル伯の舞踏会』は、人間や社会を俯瞰したがる少年三島を夢中にさせた。しかもラディゲが腸チフスで二十歳で夭折したことが、三島の競争心をくすぐった。
『ドルヂェル伯の舞踏会』を最も意識して書かれたのが『盗賊』(各章を異なる雑誌に発表、加筆して真光社刊、一九四八年)である。一九三〇年代の華冑界を舞台にしたこの小説は、互いに失恋の苦渋を味わい死を決意した男女が、惹かれ合って結婚し、その夜純潔のまま心中するという話である。いかにも非現実的なこの話に、微細な心理分析を駆使してリアリティを持たせたところが眼目だ。とはいえ、いかんせん無理な設定で、芳しい評価は得られなかった。いかにも作り物めいたこの作品には、しかしK子との失恋の痛手が深く関わっていた。川端康成はこの著作に「序」を寄せ、「三島君は自分の作品によつてなんの傷も負はないかのやうに見る人もあらう。しかし三島君の数々の深い傷から作品が出てゐると見る人もあらう」と書き、「この脆《もろ》さうな造花は生花の髄を編み合せたやうな生々しさもある」と書いた。当時、三島の衒気に眩惑されて気づかれなかった「生々しさ」を川端は感知していたのである。

太宰治

三島由紀夫が一度だけ太宰治と会った日付は、長い間はっきりしなかった。太宰ファンだった出英利《いでひでとし》が新潮社の野原一夫に頼んで、練馬区豊玉にある出と高原紀一の下宿に太宰と亀井勝一郎を招き、野原や詩人となる中村稔、劇作家となる矢代静一らが集まった。そこに三島も誘われたのである。酒を酌み交わす和気藹々とした雰囲気の中で、三島は太宰に向かって「僕は太宰さんの文学はきらひなんです」(『私の遍歴時代』)と言った。太宰ファンと同席することを十分に意識して、「大袈裟に云へば、懐ろに匕首《あひくち》を呑んで出かけるテロリスト的心境であつた」という。

その日付は、一九四六(昭和二十一)年十二月十四日である。これは、三島由紀夫文学館で見つかった「会計日記」に「高原君のところにて酒の会、／太宰、亀井両氏みえらる。／夜十二時帰宅」という記述で判明した。

自己の破滅的な恥辱を、身を屈めて告白する文体に太宰作品の魅力はあるが、このスタイルは、都会生まれの廉恥を重んじる三島には我慢がならなかったのであろう。逆に太宰治に親近感を抱いた文学青年たちは、自分をご大層に見せずに人に示す含羞に感じ入り、それを身につけることまでしたのである。

〝自己の美意識や理念を生かすことのできる世界〟という文学観が、敢えて太宰に直言するまでに強固だったということである。しかし、自分の物差しに固執する三島と人間の弱さを囁く太宰とでは、どちらが当時の文学青年の心性に合致したかは明らかだ。戦後の荒々しい時代に、旧プロレタリア陣営の作家たちや世相の転変を捉えた風俗小説作家、破れかぶれの視点から人間を捉える無頼派、戦地や軍隊の体験を持つ戦後派などに伍していくには、三島由紀夫の美的秩序はあまりに異質だったのである。

その異質性を後押ししたのがラディゲだった。人間を鳥瞰的に眺め、明晰に心理分析する冷淡さをラディゲから学んだ学生作家は、太宰治の敵にはなりえなかった。そればかりか『盗賊』執筆に苦心していた三島は、自己の美的秩序を壊さなければならないときに、それを長編小説として大きく構築しようと腐心していたのである。

木村徳三

木村徳三は改造社の「文藝」の編集者だった人である。滋賀県に疎開していたところを川端康成に呼び出され、出版社となった鎌倉文庫の雑誌「人間」を任された。三島が川端に持ち込んだ「煙草」について、川端の「鎌倉文庫業務日誌」には、一九四六年二月十五日の項に「三島由紀夫君煙草木村氏読了可」とあるから、木村徳三が掲載を決めたのが分かる。そのおかげで、しばらくの間「『人間』に小説を書いた三島君」(『私の遍歴時代』)というのが三島の肩書きになった。

木村徳三は持ち込まれた作品について遠慮のない批評を加えたようだ。「この数行は要らないんじゃないかな」と言えば原稿に乱暴なバッテンをつけて持ち帰り、「才にまかせて会話を多くすると、品格が下ってしまう」と言えば、「目の色変えて原稿をひったくるようにして帰ってゆく」といったありさまだったという(『文芸編集者　その跫音』)。木村への三島の書簡を読むと、頼りにもし甘えてもいるので、息が合ったのだろう。編集者と作家の「真剣勝負」だったと木村は書き、「三島君ほど助言し甲斐のあった新人に接したためしは、後にも先にも、私にはない」とも述べている。

木村徳三は、同時代の小説と比べて一見奇妙に映る作風も受け容れた。その助言は、『私の遍歴時代』によれば「技術上の注意」だったという。「夜の仕度」や「春子」は「ほとんど木村氏との共作と云つても過言ではない」と三島は言っている。とはいえ、「夜の仕度」の文体は三島のものにほかならないし、内容は軽井沢に疎開したK子とのことなので、木村の助言を三島は自家薬籠中のものとしたのである。

だが、木村の技術批評は、三島の頑固な〝美意識や理念を生かすことのできる世界〟を揺さぶったと思う。作風を大きく変えることにはならなかったが、三島は批評に納得しなければ修正などしない。現に河出書房の「文藝」にいた野田宇太郎などは、批評してくれたというから思ったことを言うと、言い返してきて「少々生意気な態度」で「いやになつた」と書いている(『灰の季節』修道社、一九五八年)。「助言し甲斐のあった新人」は、「助言」に対抗するかのように改稿することで、他者の見方を少しずつ容れるようになった。そうでなければ、たびたび木村を訪れて批評を求めたりはしなかったはずである。

この頃、婦人雑誌からも注文が来るようになった。「婦人画報」から依頼されたときには、三島は木村に相談しただけでなく、原稿を見てもらってもいる。「恋と別離と」を「婦人画報」(一九四七年三月号)に、「婦徳」を「令女界」(一九四八年一月号)に、連作「接吻」「伝説」「白鳥」「哲学」を「マドモアゼル」(一九四八年一月号)に、「不実な洋傘」を「婦人公論」(一九四八年十月号)に発表した。三島のスマートで洒落た作風が、婦人雑誌向けと評価されたようだ。新人には思いがけぬ副産物となったが、これは三島の頑固な美意識を温存させてしまったようだ。

大蔵省に勤務していた頃の三島(1948 年).
写真提供：藤田三男編集事務所

一九四六(昭和二十一)年五月三日付の木村徳三宛の書簡で、三島は「僕は文学の永遠を信じてゐます。それがあまりにも脆く美しく永遠に滅びつゝある故です。僕は文学の絶えざる崩壊作用の美しさを信ずるのです。作者の身が粉々になる献身の永遠を信ずるのです」(傍点引用者)と述べている。「作者の身が粉々になる献身」とは、はしなくも「身を挺する」意志を述べている。戦争を挟んで文学少年から文学青年に成長するまで、三島由紀夫の「身を挺する」

意志は「文学」に捧げられていた。

自己を語らない作家

しかしその後、戦後文壇に打って出るものの三島の作品は評価されなかった。「木村氏との共作」とまでいう「夜の仕度」(「人間」一九四七年八月号)も、高見順からは「彼が書いている小説は、彼自身の生きることと何の関係もない」(「創作合評会」「群像」一九四七年十一月号)と言われ、ほとんど全否定されてしまった。この批判の噂を聞いた三島は、先輩格の作家清水基吉に「高見氏などにわかるものか」と手紙に書き、「群像」編集長の高橋清次にも「僕は自分の作品が悪いとは絶対に思へません」と書き、さらに別の手紙で「このお返しはあと十年、廿年の勉強できつとしてやります」恨み言をぶつけた。

高見順への憤懣をもっと具体的にぶちまけた相手は林房雄だった。一九四七(昭和二十二)年十一月四日付の書簡には、「今までの日本の告白小説家のやうな泣きつ面《つら》を、——男子としてあるまじき泣きつ面を——小説のなかで存分に演じてみせることが、即ち「生きるための文学」であるといふ、さういふ滑稽なプリミティーヴな考へ方に僕は耐へられません」と書いた。

「夜の仕度」は、性的不能が理由で叶わなかったK子との恋を、叶うものとして書いた苦みのある小説である。もちろん性的不能も同性愛も、ここには出てこない。虚構として恋人の母の恋愛も加えて、恋人が母の外泊をお膳立てして自分たちの「夜の仕度」をするという、洒落た心理小説に仕上げたものだ。それを小説の技術を誇示して人生と関わらないお話に仕立てたという高見順の理解に、三島の不満は怒りにまで上昇したのである。「会計日記」にも「「群像」批評にフンガイ」(十一月四日)と記した。

しかし三島は、高見順の発言によって、自分の小説に何が求められているのかを知ったはずである。自己を語らなければならないということだ。しかも「泣きつ面」などではなく、自己の奥底にある容易に人前に出せない厳秘に付されている欲動を取り上げなければならない、ということに気づいたはずである。

折しも、大蔵省を辞めて職業作家として立とうとしていた。そこに河出書房の坂本一亀と志村孝夫が、書き下ろしの長編小説の依頼に来るのである。

第三章　死の領域に残す遺書——二十代、三十一歳まで

『仮面の告白』が書き下ろしで刊行されたのは一九四九(昭和二十四)年で、『金閣寺』が「新潮」に連載され、単行本として刊行されたのは一九五六(昭和三十一)年である。その間に『愛の渇き』(一九五〇年)、『禁色《きんじき》』(第一部『禁色』一九五一年、第二部『秘楽《ひげう》』一九五三年)、『潮騒』(一九五四年)といった長編小説が十二冊刊行され、「真夏の死」(一九五三年)、「海と夕焼」(一九五五年)のような読み継がれる好短編が書かれ、短編集は八冊、戯曲は『近代能楽集』(一九五六年)など五冊、評論随筆集も五冊刊行された。この八年間で三島由紀夫の文名は一気に上がった。質量ともに充実した、堰を切ったような仕事ぶりである。この二十四歳から三十一歳までの八年間を概観しておこう。

　河出書房から刊行された『仮面の告白』には、「この本は私が今までそこに住んでゐた死の領域へ遺さうとする遺書だ。この本を書くことは私にとつて裏返しの自殺だ」(「「仮面の告白」ノート」『仮面の告白』月報、河出書房、一九四九年)という文言がある。小説家としては作家的生命を賭しての勝負であったが、一人の人間としては、自己の前意味論的欲動を見据えそれを書くことで、苦しい生き辛さから脱出する意志があった。並々ならぬ〝生還〟の覚悟である。同性愛指向、サディズム・マゾヒズム、異性との恋愛の蹉跌……。覚悟を決めて文章を書くとは、その内容を書く人間が認めることで、それはある方向へ生きる姿勢を整えることにほかならない。

『金閣寺』の最後は、金閣に火を放って裏山に逃れた主人公の、「一ト仕事を終へて一服してゐる人がよくさう思ふやうに、生きようと私は思つた」という一句で結ばれる。二十代初めまでの、作品を書くことに生きる喜びが見出されるのではなく、「彼が書いている小説は、彼自身の生きることと何の関係もない」（高見順）ということではない、ということを明確に示した結語である。

『仮面の告白』を書いてしまった後の三島由紀夫は、人間の不可解な欲動を表現するのに躊躇しなくなった。それまでの作品は、前意味論的欲動の表現を抑えるためか、登場人物の心理や行為の根の部分を、文飾し朧化する作法を採っていた。

未亡人杉本悦子が素朴な園丁三郎を愛し殺害してしまう『愛の渇き』や、女を愛せない美青年南悠一が高名な小説家檜《ひのき》俊輔と組んで、異性愛社会と同性愛社会とを渡り歩く『禁色』は、生き辛さをストーリーの中に溶かし込んだ意欲的な小説である。オリジナルの構想で作られたこれらの作品とは別に、「親切な機械」『青の時代』『金閣寺』のような実際の事件をもとにした「社会ダネ小説」と呼ばれた小説があり、それらは事件の要因となる不可解な欲動を掘り下げた作品であった。必然的にそれらは、鬼面人を驚かす題材や内容のものとなる。

三島は古典主義を目指していた。これらの作品には、超越的視点はなく超越性を目指す人物もなく、すべては此岸の出来事であり問題である。美の絶対性を扱った『金閣寺』でさえ、最終的には主人公は建築物としての金閣に対峙する。そして以前のような感覚や感受性に頼った文体ではなく、抑制された理知的な文体が求められた。「鷗外のあの規矩《きく》の正しい文体で、冷たい理智で、抑へて抑へて抑へぬいた情熱で、自分をきたへてみよう」(『私の遍歴時代』)と決意したのである。古典主義は作品の傾向であるとともに、創作者としての三島の生きる指針でもあった。

『禁色』第一部を終えたところで、三島は世界旅行に出発する。占領下の日本人が海外旅行に出るのは容易なことではなかった。パスポートさえなく、マッカーサーの署名の入った旅行許可証を苦労して取得した。父梓の一高時代の友人で朝日新聞社出版局長の嘉治隆一が尽力してくれて、朝日新聞特別通信員の資格で旅行許可を取ったのである。円のレートは低く、持ち出せる金額も限られていた。

一九五一(昭和二十六)年十二月二十五日、午後四時に横浜大桟橋からプレジデント・ウィルソン号で出航した。渡航先は、アメリカ（ハワイ、サンフランシスコ、ロサンゼルス、ニューヨーク、マイアミ）、プエルトリコ、ブラジル（リオデジャネイロ、サンパウロ、リンス）、スイス（ジュネーブ）、フランス（パリ）、イギリス（ロンドン、ギルフォード）、ギリシャ（アテネ、デルフィ）、イタリア（ローマ）である。翌一九五二年五月十日にローマから旅客機で帰国するまでの四カ月半の旅程である。

ハワイに向かう船上では「太陽」（『アポロの杯』）との出会いがあった。「終日、日光を浴びてゐることの自由」を知り、健康への意志を固めた。ギリシャの陽光と遺跡にも惹かれた。「私は今日つひにアクロポリスを見た！　パルテノンを見た！　ゼウスの宮居を見た！」と興奮に酔い痴れている。人間の内面に向かう芸術ではなく、外面に現れ出る美を捉えようとしているようだ。「私は久しく自分の内部の感受性に悩んでゐた。私は何度かこの感受性といふ病気を治さうと試みた」と三島は『アポロの杯』に書いている。「病気」とまで呼んでいるのだから、「感受性」が三島を苦しめたのは想像に難くない。古典主義―鷗外の文体―理知―太陽―ギリシャが一繋がりの糸となって、感覚や感受性に頼った文体を変革し、身体の健康を重んじ、生活と創作の均衡を図る生き方を目指すようになっていった。そこから生まれたのが『潮騒』である。

『潮騒』は、伊勢湾に浮かぶ歌島で漁師をしている新治と海女の初江との初恋の物語である。

古代ギリシャのロンゴスが書いた『ダフニスとクロエ』を下敷きにした素朴な純真さが、感受性の病から癒えようとする三島の生の方向を表している。繊細な感受性と心理の綾なす劇とはかけ離れた、肉体と生きる知恵との均衡が描かれる。

とはいえ、相変わらず痩せて顔色も青白かった三島は、体力もなく胃痛にも悩まされていた。そこに出現したのが、ボディビルという「福音」だった。三島由紀夫がボディビルを始めたのは、一九五五(昭和三十)年、満三十歳のときである。効果は抜群であった。体力もつき、胃弱も解消した。

その一年前には、もう一つの「自己改造」があった。女性である。十九歳の豊田貞子に恋し、性的な関係を持つようになったのである。それはおそらく(たぶんほぼ間違いなく)、三島にとって初めての女性との性関係である。この女性との交際はしばらく続く。

一　『仮面の告白』の決意

『仮面の告白』の内容

『仮面の告白』(河出書房、一九四九年)は、語り手「私」の性的生活史《ヰタ・セクスアリス》を「告白」した小説である。「私」の経歴や家族などの外的事実が作者のそれと一致するからといって、「私」は三島由紀夫ではないし、これは「仮面」を被った「告白」だという理解は基本的に正しい。とはいえ、三島由紀夫についての伝記研究が次第に明らかにしたことと照らし合わせると、今やここに書かれた出来事は、かなりの程度、というよりは異様なほど事実が正確に書きとめられているのではないかという予想が成り立ってきている。

汚穢屋や兵士の汗に惹かれた「私」は、絵本の殺される王子を愛した。成長するとグイド・レーニの「聖《サン》セバスチャン」図に性的な興奮を覚え、初めての射精をする。そして逞しい体軀の級友に恋し、友人の処刑と流血を妄想し楽しむようになっていった。そういう性指向が自分独自のものだと気づくと、周囲の関心に合わせた「演技」をしなければならない。一方で、友人の妹の園子に恋をし、接吻を試みるものの性的な感覚は全く起こらず、彼女との結婚を諦めた。嫁いだ園子と未練から逢い引きをしているときに、逞しい粗野な若者を見かけると、園子をそっちのけにして男が血まみれになるのを想像してしまう。

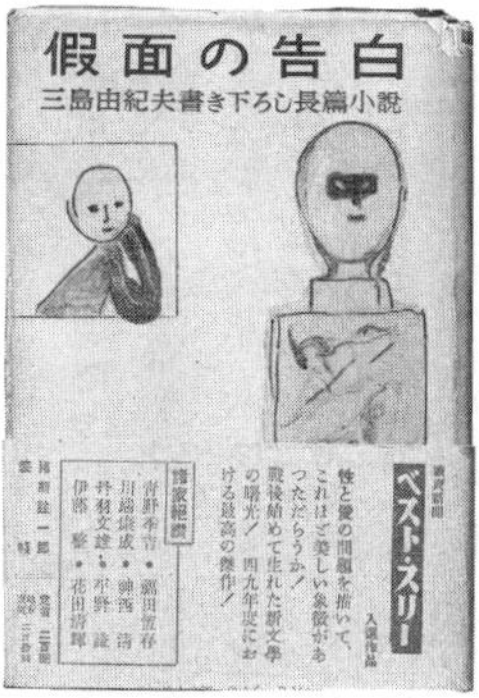

『仮面の告白』(1949 年 7 月河出書房刊).県立神奈川近代文学館所蔵

直感で言っても、『仮面の告白』は三島由紀夫の〝核〟といったものが露出している。それは誰しも認めるであろう。問題はその〝核〟の性質である。河出書房が戦後派の作家を集めて雑誌「序曲」を作った。その創刊号（一九四八年十二月）に、「小説の表現について」という座談会が載っている。三島はここで「僕は、はつきりいふとスペインの画描きのやうに血に飢ゑてゐるんだ」「僕は人を殺したくて仕様がない。赤い血が見たいんだ。作家は、女にもてないから恋愛小説を書くやうなもんだが、僕は死刑にならないですむやうに小説を書きだした。人殺しをしたいんだ、僕は。これは逆説でなくつて、ほんたうだぜ」と発言している。『仮面の告白』が出る前のことなので、この物騒な発言はまともに受けとめられなかったようだが、これを誇張した放言と捉えると、三島を見損なうことになる。「お前は人間ではないのだ。お前は人交はりのならない身だ。お前は人間ならぬ何か奇妙に悲しい生物《いきもの》だ」という『仮面の告白』の自己への呼びかけは、この発言と釣り合っていて、だからこそ悲痛である。

自己を描く

三島と親交があり、三島文学のすぐれた翻訳者でもあるジョン・ネイスンは、「これまでは、こうした美と死への頌辞《オマージュ》は三島の芸術の主体であった。が、『仮面の告白』の文脈にあっては、それは客体化され」たと言う（『新版・三島由紀夫――ある評伝』）。

私小説の系統を持つ日本文学では、作者固有の苦悩が表現されれば、一定程度の評価が得られ、『仮面の告白』には十分にその資格があった。だが、『仮面の告白』はその評価の秤に半分しか載らない。残りの半分は「仮面」の部分であり、自己批評である。ジョン・ネイスンの言う「客体化」である。自己の性指向を冷徹に徹底的に分析することで、客観性を確保し普遍性を獲得した。「ボオドレエルのいはゆる「死刑囚にして死刑執行人」たらんとするものです」(坂本一亀宛書簡、一九四八年十一月二日付)というところに作者の意図の力点は置かれていた。

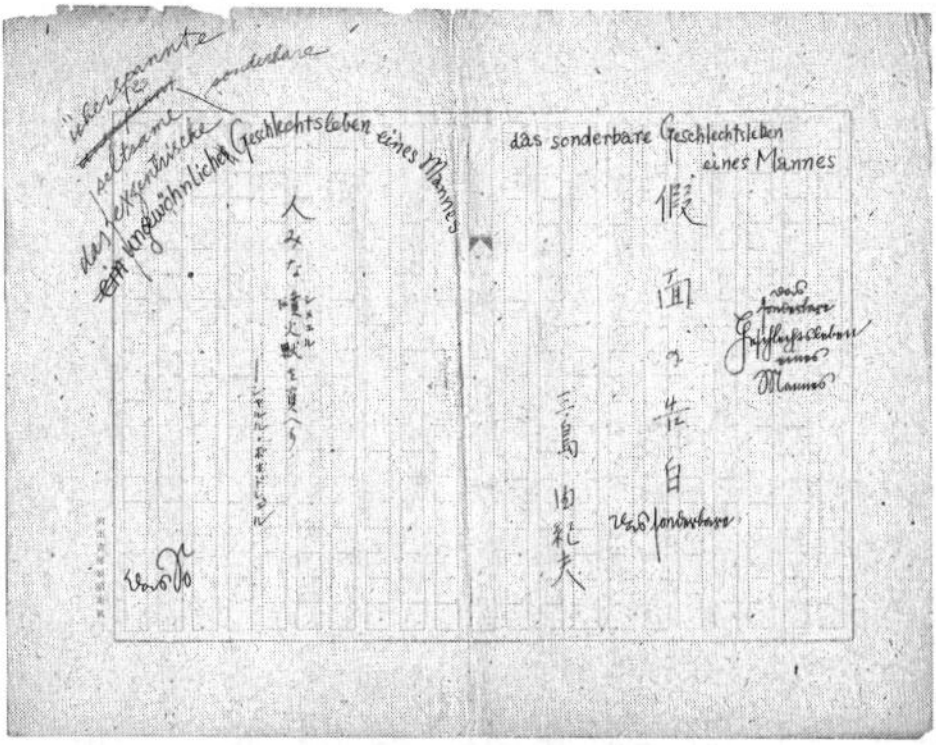

『仮面の告白』序文直筆原稿．実際には発表されなかった．山中湖文学の森・三島由紀夫文学館蔵

　それはとりもなおさず、自己告白に甘えていた日本文学に対して、厳しい批評として作用したはずだ。作者の気質に癒着した文学表現が、そのまま作者の〝真実〟の表現として認められていた評価軸に対し、作者の〝核〟と表現との癒着を引き裂くことで、自我の捉え方に一石を投じたのである。太宰治に切った見得の落とし前をつけ、何よりもこのことは、高見順の批評への返報となっていたのである。

さらに言えば、『仮面の告白』に書かれた性指向は、オスカー・ワイルドや谷崎潤一郎などの「悪魔主義」的な逸楽や背徳と重なっていたが、作品はその傾向を讃美しなかった。「私」にとって血や死は、〝耽溺をそそるからこそ距離を置く愛着の対象〟として語られる。いや、むしろ自己嫌悪さえ感じられ、苦痛に歪んでもいる。三島由紀夫は、ビアズレーや歌舞伎の悪への愛着をも語ったが、三島には耽美主義に含まれる邪悪さが稀薄だったように思える。ふてぶてしい居直りがないのである。それは三島が市民社会の一員として、「皆と同じだ」ということに強い憧れを抱いているからだ。そこから自身の性指向への批評は生まれる。だから文学史的に見れば、歌舞伎、草双紙、泉鏡花、谷崎潤一郎と続く耽美派の伝統に接近しながら、『仮面の告白』はそれらとは一線を画するのである。

『仮面の告白』に見え隠れする自己嫌悪と苦痛は、この作品の叙述に緊張感をもたらしている。芸術家としての特殊性に甘えず、市民としての感覚を保持する。『仮面の告白』の基盤となる価値はこういうところにある。だから、表現したくないが表現せざるをえないという自己強制が働くのである。それは高見順の批評に対する小説家としての矜持でもあっただろうが、小説家としても市民としても、三島はここまで自己を追いつめたのである。

LGBTとエロチシズム

したがって、三島由紀夫はクィアのアクティビズムに無関心だった。というより、アクティビズム自体がまだ動き出していなかった。カミングアウトにしても、三島の時代にはカミングアウトという〝形式〟が整っていなかった。カミングアウトが、ある程度の受け入れ態勢があって成り立つのだとしたら、三島の時代は「告白」にほかならない。その「告白」は、概念のない人々には、全く新しく想像しにくい内容をもたらしたから、その信憑性が疑念視されてしまう。『仮面の告白』が「仮面」を被った「告白」であるのは、むしろ信憑性を曖昧にすることで、フィクションのレベルでの概念を受けとめやすくしたものと考えられる。三島のクィア表現におけるクィアの可視化による貢献にしても、同じ傾向を持つ人には慰藉になっただろうが、読者によっては全く異なる判断がなされたにちがいない。

ＬＧＢＴとエロチシズムの問題についても、三島の時代とは変化している。今世紀に入る前頃から、ＬＧＢＴは、法的整備は遅れているものの、少なくとも社会通念においては人権問題として市民権が得られるべきだと考えられるようになった。二〇世紀後半の性の解放によって、性の〝禁制〟が稀薄になり、秘するがゆえの性の充足感は減退した。ＬＧＢＴの存在を社会的に認知することになった状況では、『仮面の告白』や『禁色』の緊張感は弛緩せざるをえず、この方向は巻き戻せない。かつて抑圧され孤絶することで秘匿されていた性は、エロチシズムの昂進を促していたが、それが一般的な平板さを纏うことになったのである。人権意識の浸透は歓迎されることではあるが、エロチシズムが平板さに解消し、あるいは狭小な隘路に逃げ道を探すことになるのも人間のなすところであろう。

しかし、LGBTの社会的認知が進んだことで、『仮面の告白』のセクシュアリティはより明瞭になった。かつては「同性愛者」の告白と受けとめられていたが、それでは園子への愛を諦めきれずにいる主人公の心情が摑みきれなかったのである。異性愛者／同性愛者という対立構造としてしか理解されてこなかった『仮面の告白』の主人公を、固定的同性愛者の枠組みから外し、セクシュアリティに不安定な主人公の迷いと社会的不適応の状態を分析的に記述した小説と見るようになったのである。ただし、社会的不適応をもたらす社会へのプロテストの意識は強くない。

生き抜く意志

『仮面の告白』が刊行されると、三島は精神病理学者で文筆家の式場隆三郎に献本し手紙を書いた。「「仮面の告白」に書かれましたことは、モデルの修正、二人の人物の一人物への融合、などを除きましては、凡《すべ》て私自身の体験から出た事実の忠実な縷述《るじゅつ》でございます」(一九四九年七月十九日付)とある。専門医に向けて「モデルの修正」にまで言及しているところからすれば、「私自身の体験から出た事実の忠実な縷述」ということの信憑性はきわめて高いだろう。

「当時私はむしろ己れの本来のTendenz（傾向―引用者注）についてよりも、正常な方向への肉体的無能力について、より多く悩んでをりましたので、告白は精神分析療法の一方法として最も有効であらうと考へたからでございました」という一文もある。書くことで異性との間の「肉体的無能力」の恢復を目指したというのであるから、『仮面の告白』の内的な創作動機が、肉体的異性愛を可能にし、異性愛をもとにした社会生活を営みたいという願いであったことが分かる。『仮面の告白』は、自己嫌悪や苦痛を押して書いた荒療治であった。だから前意味論的欲動を剔抉しても、そこに小説家としての足場を構えようとはせず、それを乗り越えようとしたのである。

もう一つ見ておきたいものがある。『仮面の告白』刊行の約一年半前に発表された随筆「重症者の兇器」（「人間」一九四八年三月号）である。

苦悩は人間を殺すか？　――否。
思想的煩悶は人間を殺すか？　――否。
悲哀は人間を殺すか？　――否。
人間を殺すものは古今東西唯一つ《死》があるだけである。

これは端的な自殺拒否宣言にほかならない。その裏には強烈な苦悩も透けて見えるが、ともかく生き抜こうとすること、戦後の社会に乗り出そうという宣言である。だが、ここから汲み取れるのはそれだけではない。ここで述べられているのは、「死」だけが人間を殺すということであり、それは意志的な死の拒否を言っているのだ。これは「身を挺する」「悲劇的なもの」の拒否である。この年の晩秋には『仮面の告白』が書き出される。書くことで「精神分析療法」を試み、小説家としても生活者としても生き抜こうとするのだが、それはこの随筆からも窺えるのである。

二　生き辛さの嘆き

『愛の渇き』の「幸福」

『仮面の告白』の成功の後に書かれた長編は、書き下ろしで刊行された『愛の渇き』(新潮社、一九五〇年)である。『仮面の告白』とは一転し、人物関係や場所やストーリーの明確なモーリヤック風のロマネスクである。大阪の郊外にある広大な農園に身を寄せた未亡人の杉本悦子は、舅の弥吉と関係を持ちながら、園丁の三郎に惹かれている。三郎は働き者で逞しい肉体を持ち、知的な側面はまるでない。この従順で素朴な若者への愛着を抑えられない悦子は、焦燥に駆られ、遂には鍬《くわ》で打ち殺してしまうという話である。

奥野健男はこの小説を高く評価した上で、ここには「母子相姦のタブーが潜んでいる」と看破した(『三島由紀夫伝説』)。三島は悦子の三郎への愛は男同士の愛だと堂本正樹に言ったというが(『回想　回転扉の三島由紀夫』)、奥野の方が肯綮に中っているように思える。最後の殺害は、息子が母との関係を迫ろうとしたときに、母から烈しく拒否されたということになる。そういう読み方もできそうではある。

この小説は、倭文重の妹重子から聞いた話がきっかけになってできた。叔母は、阪急宝塚線の岡町付近で大規模だが趣味的な農園を営む家に嫁ぎ、そこで使っていた若い無邪気な園丁の話をした。それを聞いて、物語が「ほとんど首尾一貫して脳裡にうかんだ」と『三島由紀夫作品集2』の「あとがき」(新潮社、一九五三年)にはある。重子の長男江村宏一から「マサルという園丁でした。字は忘れましたが」と聞いたことがある。

その「あとがき」には、「唯一神なき人間の幸福といふ観念」が念頭にあったとも書かれている。遊蕩者の夫をチフスで亡くし、舅と関係を持つ悦子は、決して「幸福」とは言えない。しかし彼女は、「それでも私は幸福だ。私は幸福だ。誰もそれを否定できはしない。第一、証拠がない」と心の中で呟く。唯一神の理想や規範があれば、それによって自己の〝不幸〟を認識し救済を望むこともできるが、悦子は救済を求めなかった。そういう悦子の「唯一神なき人間の幸福」を掻き乱し苦しめたのが、反知性的で真面目な三郎だった。悦子が三郎を殺害したのは、何も知らない三郎が悦子の隠された〝不幸〟を暴いてしまったからである。

「唯一神なき人間」にとっては、人生に〝不幸〟を認識せず「幸福」と捉えて生きていく以外に生きる術があろうか。戦後日本は、このような「幸福」を据えて、救済や快癒を求めることなく、現状を「呑み込む」ことから出発したのである。悦子は、そういう象徴性を帯びている。「唯一神なき人間の幸福」という観念は、戦争時の絶対の観念の崩壊後に生きる戦後の人々が、背負わねばならなかった運命である。戦後精神の「自由」はすべての観念を相対化してしまい、しかし絶対を信じてきた人の心性は、相対化の波に漂う現実に容易に適応できない。「唯一神なき人間の幸福」とは、いわばすべての人が漂っている波を、「波だ」と指摘してみせることである。絶対神を持つことの危険を骨身にしみて感受した人たちや、対象をなくしても絶対を信じる心性を持ち続けている人たちには、このテーマの切実さは感じ取れなかったにちがいない。

『青の時代』の嘆き

『青の時代』(「新潮」一九五〇年七~十二月号、新潮社、同年)は、東大法学部学生の起業家山崎晃嗣をモデルにした小説である。三島は、同窓の山崎と面識があったのではないかと保阪正康は推測している(『真説　光クラブ事件』)。一九四八(昭和二十三)年、山崎晃嗣は仲間の学生たちとヤミ金融「光クラブ」を設立し、高利を謳い文句に一般の人から資金を集め、商店主や事業主に貸して利ザヤを稼いだ。東大の学生社長という知的なイメージと派手な広告でマスコミの寵児ともなり、たちまちのうちに会社組織に成長した。当然、物価統制令と銀行法違反で警察に検挙される。闇行為の横行と法整備ができていない時代なので、お灸をすえる程度の罪で不起訴になった。

しかし、マスコミは山崎叩きに転じ、そのため出資者の取り付け騒ぎが起こった。貸し金の焦げつきもあって借財に負われ、一九四九年に山崎は青酸カリを飲んで自殺したのである。「貸借法すべて清算借り自殺」という辞世や、木更津市長の息子で一高、帝大というエリートコースを歩みながら、複数の愛人を持ち、冷徹な時間管理と毎日のセックスの記録までを残していたスキャンダラスな日常が知られ、マスコミの餌食になったのである。

この山崎を小説にしたらどうかと持ちかけたのは、「人間」の編集長木村徳三だった。しかし間もなく「新潮」の編集部からも同じ依頼が持ち込まれ、三島は老舗の「新潮」に鞍替えした。その態度を「ドライさ」と木村は述べ苦笑している(『文芸編集者　その跫音』)。奥野健男によれば、当時は「〝社会ダネ小説〟は日本の文壇、純文学世界からの抵抗は甚だ強かった」という(『三島由紀夫伝説』)。題材に寄りかかり、通俗に堕する危険が大きかったからであろう。もっとも、プロの編集者の慫慂や依頼があったことを思えば、三島にはこの種の社会ダネを扱えるアプレゲール的感性と、それを純文学に仕立てる膂力があると認められていたということになる。

しかし、作品の出来はよくなかった。山崎晃嗣を報じた新聞週刊誌の記事、および『私は天才であり超人である——光クラブ社長山崎晃嗣の手記』(文化社、一九四九年)、『私は偽悪者』(青年書房、一九五〇年)を生のまま使っており、資料の発酵と構想の熟慮を待たずに手をつけたのが明らかだったからである。

だがそれゆえに、戦後数年の知的青年の心情と三島の繊細で純一な嘆きが表れ出ていて、興味深い作品となっている。『青の時代』には、遠縁の易《やすし》という凡庸な青年が登場する。主人公の川崎誠に比べ、何事もなしえていない易の〝自然な〟振る舞いに誠は惹かれる。「嫉《ねた》ましいことに、易は易であるままに他の万人でもありうるのだ」。この羨望は腹の底からの強烈なものであり、それがまた三島の羨望でもあるのは明白であろう。それに比べ山崎晃嗣は、真理を幻視する信念に殉じた確信的な知的エリートである。三島の批評は、そういう山崎を戯画化し、易の自然な振る舞いや自然な存在の仕方に、誠や自分は遠く及ばないと書いたのである。そこが三島と山崎の違いである。

生のこわばり

『愛の渇き』の悦子も、『青の時代』の誠も、生き辛い生を負っており、生き方にこわばりを感じざるをえない。『禁色』の美青年の主人公南悠一も、こわばった生き方を強いられている人物である。悠一は女を愛せない。

『禁色』は、男しか愛せない美貌の学生南悠一が、六十代半ばの小説家檜俊輔と組んで、俊輔の復讐に加担するという話である。明治期から小説を発表しいまや大家となっている檜俊輔は、彼を袖にした女三人に、女に欲望を感じない悠一を使って恨みを晴らそうとする。まずは俊輔の欲望を弄んだ康子を悠一と結婚させ、不幸に陥れる。次に、美人局を働き愚弄した鏑木伯爵夫人と、俊輔を斥《しりぞ》けて別の男と結婚した穂高恭子を、悠一を使って競わせ嫉妬させ翻弄す

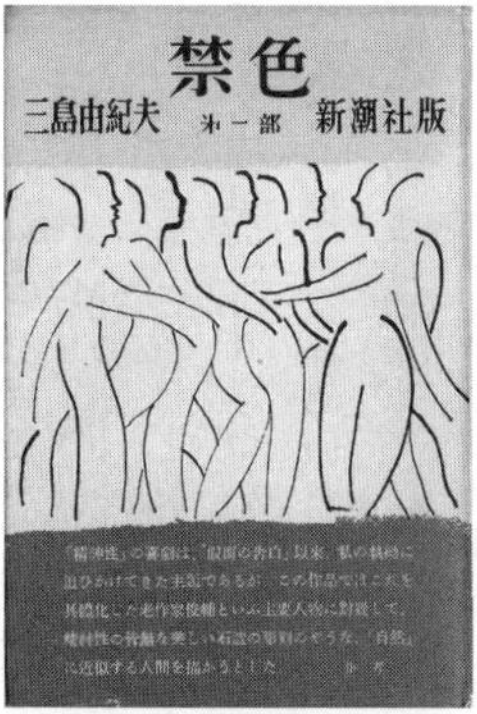

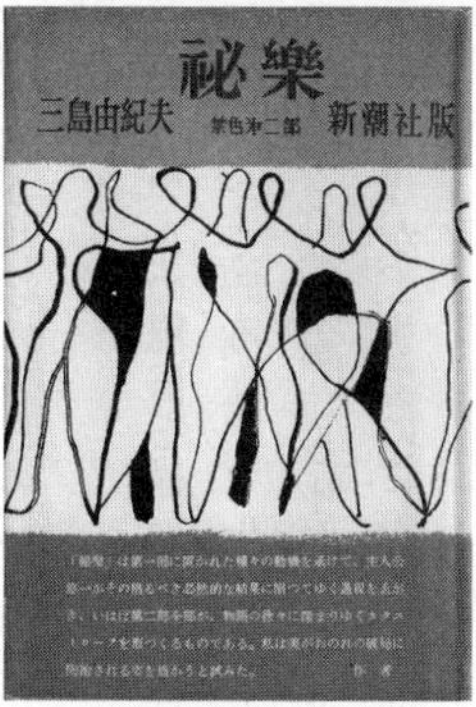

『禁色』(第一部 1951 年 11 月，第二部 1953 年 9 月新潮社刊)．県立神奈川近代文学館所蔵

る。一方、悠一はホモセクシュアルの男たちが集まる銀座の喫茶兼酒場ルドンに出入りするようになり、男色の裏世界に通じるようになっていく。

日本文学でこれほど具体的にホモセクシュアルの風俗を描いた小説はなく、同性愛をタブー視する偏見がよりきつかった欧米でもなかったであろう。マルグリット・ユルスナールは、ゲイ社会の秘密結社めいた描写を「ルポルタージュ小説」と呼んだ（『三島由紀夫あるいは空虚のヴィジョン』澁澤龍彦訳、河出書房新社、一九九五年）が、すでにこの世界に通じていた三島には、この種の「ルポルタージュ小説」はお手のものだった。『禁色』に描かれたゲイの風俗描写は、世界の近代文学において最も新しく熟《こな》れたものだったにちがいない。

『禁色』は、第一部が「群像」の一九五一（昭和二十六）年一月号から十月号に発表され、間に四カ月半の世界旅行があって、第二部が「秘楽《ひげう》」の題で「文學界」の一九五二年八月号から翌年の八月号に発表された。単行本は、『禁色　第一部』（新潮社、一九五一年）、『秘楽　禁色第二部』（新潮社、一九五三年）として刊行、のちに題を『禁色』に統一し章も通し番号に改めた。

第一部の初出の末尾では、悠一を愛した鏑木夫人が、夫の鏑木元伯爵と悠一との性愛の場を目撃し自殺することになっている。それを早計と思った作者は、改訂広告を出し、「三日たつた。鏑木夫人は帰らなかつた。」と改め、彼女を生かすことにした。このような訂正があり、間に長期の海外旅行があって、『禁色』の構想は途中で変化しなかったのだろうか。実際のところははっきりしないが、大筋では始めに立てた構想と変わりはなかったのではなかろうか。

『禁色』の「大団円」

再読してみれば、という条件つきではあるが、『禁色』の結末は、早くも悠一の登場する「第一章　発端」の場面から想像することができそうである。若い康子を追って伊豆の海岸まで来た檜俊輔が、康子と同室の若い男が波間から上がってくるところを目撃する。それが、「希臘《ギリシヤ》古典期の彫像よりも、むしろペロポンネソス派青銅彫像作家の制作にかかるアポロンのやうな、一種もどかしい温柔な美にあふれた」肉体を持つ、「俊敏な細い眉、深い憂はしい目、やや厚味を帯びた初々しい唇」の「愕くべく美しい青年」である。何人もの評者が、この描写は具象的イメージを喚起しないと批評したが、これは意図的に現実感を殺いだ描写だろうと思われる。檜俊輔に見られた悠一は、現実のものではないからだ。

千枚を超える『禁色』は、南悠一と檜俊輔をどうするかで結末が決定する小説である。おそろしく美しい悠一は平凡な青年になり、それに伴って俊輔の歪んだ情熱も収まるという結末を迎えるであろうと想像される。

最終章の「大団円」では、悠一が俊輔との関係を絶とうと俊輔の書斎を訪れる。そのとき悠一は、俊輔が見ている自分は自分ではなく、もう一人の悠一だと気づく。このもう一人の悠一が、「ペロポンネソス派青銅彫像」の肉体を持つ「愕くべく美しい青年」である。マイノリティの性指向と稀に見る美貌、さらには俊輔の操り人形となることで、悠一は現実感覚を稀薄にしていた。ここで彼がそれを自分ではないと感じたのは、悠一がもはや俊輔に見られた悠一ではないからだ。悠一の生き辛さは、彼が現実を生きている実感を持てない生き辛さで、架空の生を生きてきた悠一は「現実の存在になりたいんです」と願い、そしてともかくも現実に着地し、その先を考えて俊輔との関係を絶ちに来たのである。

悠一と俊輔の組み合わせは、悠一の「美」と俊輔の「精神」とが、非対称のままに一対の均衡が保たれていたから成り立っていた。しかし悠一は、俊輔から離れ「現実の存在になりたい」と望み、俊輔はというと、あろうことか悠一を愛し始めてしまうのである。二人の均衡の崩壊は、小説の構造の崩壊であり、それはこの組み合わせを提案した俊輔が贖わなければならない。俊輔は一千万円もの莫大な遺産を悠一に譲渡して自殺し、結果的に悠一の現実への着地を祝福することになる。

悠一を「現実の存在」にすることが、『禁色』のおそらく当初から考えられていた結末である。『禁色』以降『鏡子の家』あたりまで、三島の長編小説の主人公たちは結末で平凡な地点に着地する。それは三島が求めた生の方向であると考えられる。

三　世界旅行での濫費

感受性の濫費

ホノルル行きの船上の三島．写真提供：藤田三男編集事務所

『アポロの杯』（朝日新聞社、一九五二年）は初の海外旅行の紀行文である。旅行から帰って二カ月経ち、三島由紀夫は出発前に語ったことばを思い出し最終節に書く。「もつてゆく金は十分ではない。金を濫費することは僕にはできない。しかし僕は感受性を濫費してくるつもりだ。自分の感受性をすりへらしてくるつもりだ」と。見聞を広げ何かを得ようというのではなく、「すりへらしてくる」というのだ。富豪が旅先で散財するように、「感受性」を全開にし、思うさま使ってくるということなのだろう。その姿勢がはっきりと表れているのはリオデジャネイロである。

飛行機が着陸態勢に入ろうとしたとき「リオの灯火の中へなら墜落してもいいやうな気持がした」という気に

なる。異様な衝動的気分である。理由は書かれていないから、説明しがたい放恣な感受性の表出なのであろう。リオは不思議な気分にさせる街だった。人通りの少ない古い住宅地を歩いていると「一度たしかにここを見たことがある」という気になった。古い車体の市内電車を見ていると、「又しても幼年時代の記憶に襲はれた」という。真夏のけだるさが、病院帰りの子どもも時代を思い出させたというのである。そのあと、子どもたちの列に加わって映画館に入ると、荒唐無稽な活劇に再び幼年時代を感じてしまう。感受性が勝手に郷愁を呼び覚まし、一種の幻覚を味わわせたのだ。ここには「感受性」の「濫費」による愉悦と哀惜とがあり、幼年期への退行が起こっている。

『アポロの杯』というと、横浜からホノルルに向かう船上で浴びた日光を「太陽！　太陽！完全な太陽！」と書いた手放しの賛美と、アテネのゼウスの宮居やディオニュソス劇場での感動の時間が思い浮かぶ。先に、古典主義―鷗外の文体―理知―太陽―ギリシャが一繋がりになっていたと述べたが、明るい健康な生を摑んだ感触は確かにある。しかし、リオの不思議なデジャヴュはそれらとは異質のものだ。『アポロの杯』には、幼年期から青年期にかけての感受性の時代が去りつつある抒情と、自己変革の歓喜とが、綯《な》い交ぜになっているのである。

リオからサンパウロを経て、リンス郊外の多羅間《たらま》牧場で旅装を解いた。元東久邇宮の子息で多羅間家の養子となった俊彦へは、妹美津子の学友だった板谷諒子から紹介された。帰国後、ここでの見聞をもとに戯曲「白蟻の巣」(「文藝」一九五五年九月号)を書き、第二回岸田演劇賞を受賞する。再びリオデジャネイロに戻り、カーニバルに加わった。「近代生活は目的意識に蝕《むしば》まれ」るから「政治の奴隷」にならざるをえぬが、カーニバルのような「無目的な生」は「かくも完全な生の秩序と充実」を現出させるという。そう言う三島は四晩のうち三晩を踊り明かし「陶酔」した。これもまた「感受性」の「濫費」である。

ギリシャ

ヨーロッパに飛んで、ジュネーブからパリに入る。パリではトラベラーズ・チェックを盗まれ、再発行されるまで一カ月半の節約しながらの滞在を余儀なくされた。旅行者にとっては目の前が真っ暗になった気分だろう。イギリスに渡ってギリシャに入った。

　この旅のハイライトはギリシャである。「廃墟として見れば」と断った上で、アクロポリスよりゼウスの宮居の方が美しいと言う。トルコ軍によって破壊され左右不均衡となった「廃墟」を、意識的な不均斉の龍安寺の石庭と比較し、「希臘人は美の不死を信じた」のに、「美の不死」はいまや廃墟になったと捉えている。これは「美の不死を信じた」古代ギリシャ人が見ることのなかった廃墟の美を、古代ギリシャ人の目に帰って見るという背理を言っているのである。そしてその背理に幸福を感じて、いまの廃墟を讃えているのだ。「希臘人は外面を信じた。それは偉大な思想である」と書き、三島は「希臘人」を見倣い「精神」や「内面」に蓋をして、徹底して外面を楽しむ。「今日も私はつきざる酩酊の中にゐる。私はディオニューソスの誘ひをうけてゐるのであるらしい。午前の二時間をディオニューソス劇場の大理石の空席にすごし、午後の一時間を、私は草の上に足を投げ出して、ゼウス神殿の円柱群に見入つてすごした」。東京にいて、こんな無為の時間を過ごすことはないだろう。酩酊の神ディオニュソスとの交感は、「感受性」の「濫費」になるだろうが、この「感受性」は「精神」の暗い闇には決して向かわない。翌日は、おんぼろバスで十時間かけてデルフィに行き、青銅の馭者像と対面した。

三島の美的感性は独特だ。ローマでは、美術館巡りに精を出し、数多くの美術品を丹念に見る勤勉ぶりを発揮している。その中で最も三島の心を捉えたのはバチカン美術館のアンティノウスであった。胸像とエジプトの装いをした立像とがあるが、三島が好んだのは胸像である。アンティノウスは、ローマ帝国のハドリアヌス帝に奴隷から取り立てられ寵愛された少年で、ナイル川で溺死した。皇帝はひどく悲しみ、多くのアンティノウス像を作らせたという。美術史家の宮下規久朗は「この胸像は特に重要ではありません」と言い、「普通日本人がヴァチカンに来て一番期待するのは、システィーナ礼拝堂のミケランジェロの壁画なんですよ。でも、『アポロの杯』ではアンティノウスにばかり言及して、《ラオコーン》のような重要な古代彫刻もミケランジェロのこともほとんど無視してますね」と語っている(『三島由紀夫の愛した美術』)。少年愛とはいえ、胸像の首も肩も胸郭も逞しく、三島好みの青年像である。

青春小説『潮騒』

『潮騒』は一九五四(昭和二十九)年六月に、書き下ろしの単行本として新潮社から刊行された。古代ギリシャのロンゴス作『ダフニスとクロエ』が藍本である。三島はまだギリシャ熱の中にいた。海を生活の場とする若く健康な男女が出会い、恋をし、困難を乗り越えて結び合い、共同体が祝福する物語である。映画館もパチンコ屋もない、都会の文明から隔絶した島の、〝初恋〟という概念を知らぬ者同士の原初的な初恋(彼らの名前は新治と初江である)が描かれる。

『潮騒』(1954年9月新潮社刊).県立神奈川近代文学館所蔵

『潮騒』は青春小説として成功した作品である。感じやすく繊細な心身ではなく健康で逞しい心身を持ち、都会の便利さに慣れた懶惰な生活ではなく質素で堅実な生活を築こうとする若者が描かれた。観的哨での、裸で抱き合いながら既成道徳に従うもどかしさを含めても、輝かしい青春小説として後世に残る作品となった。この小説の〝甘さ〟を批判することは容易いが、その批判が逆に薄汚れた人間観を露呈させることになり、その反照として作品が輝いてしまうのである。若者はいつも青春の反逆を好むから、『潮騒』を鼻にもかけぬかもしれないが、若者にも年齢が加われば、人間にとって何が安定した強さをもたらすのかが見えてくる。そういう鑑としての青春を作ったところに、二十代後半の三島の知恵が感じられる。

もう一つの『潮騒』の成功の秘訣は、伊勢湾の神島を舞台としたことである。もし作中の「歌島」が、北方の小島の寒漁村をモデルにしていたり、架空の島を想像で描いたとしたら、あのような大らかな温かみにリアリティは生まれなかっただろう。村松剛やユルスナールや松本徹は、三島作品の基本は「童話」だと言うが、作品の主題に合致する実在の島を探し、滞在し取材して書いたことが、この作品を〝ありうる「童話」〟にしているのである。

当時は民宿がなかったから、漁業組合長の寺田宗一宅に滞在し、島の生活を隈なく取材した。タコ漁の舟にも乗った。三島は舟に強いのである。灯台長の妻山下當江《まさゑ》が知的好奇心の旺盛な話し好きの人だったので、たびたび寄っては話し込んだ。息子の山下悦夫は「かなり正確」に母のことを書いていると述べている(「小説『潮騒』の灯台長夫妻と娘　手紙に見る三島由紀夫と私の家族」)。してみると、新治と初江の仲を裂いた初江の父照吉に、奥さんが強談判で臨む筋は、神島に来て思いついたものであろう。東京の大学に通う千代子のモデルも灯台長夫妻の娘の文代で、自分を醜いと思い詰める娘という損な役回りを思いついたのも神島に来てからのことにちがいない。三島はそれを気にして謝りに来たと文代は語っていた。取材は島の環境を取り込んだだけではなかったのだ。

三島は灯台の仕事にも興味を持ち、ここで「船舶通過報」の仕事とそれに従事する二十歳の鈴木通夫を知る。『潮騒』には書かれなかったが、「船舶通過報」は戯曲「船の挨拶」(『文藝』一九五五年八月号)に使われ、『豊饒の海』第四巻の『天人五衰』でも使われることになる。取材は作品の題材の幅を広げるだけでなく、作品そのものを豊かにする。『愛の渇き』で豊中の農園とその周辺の取材は幾分かしたが、本格的な取材は神島から始まる。取材のうま味は神島で知ったのではないだろうか。

四　『金閣寺』の達成と誤解

豪奢な着物の女性

この頃三島は、豪奢な着物を着たある女性と出会っている。場所は歌舞伎座、中村歌右衛門の楽屋である。一九五四(昭和二十九)年七月というから、『潮騒』を刊行してすぐの頃である。前年に三島は、芥川龍之介の「地獄変」を義太夫狂言に仕立て、歌右衛門が演じた。女性の名は、豊田貞子。数日後、歌舞伎座の前で偶然会った。三島の待ち伏せだったようだ。

豊田貞子のことは、岩下尚史《ひさふみ》の『ヒタメン——三島由紀夫が女に逢う時…』に詳しい。『鏡子の家』のモデルとなった湯浅あつ子の『ロイと鏡子』(中央公論社、一九八四年)や猪瀬直樹『ペルソナ　三島由紀夫伝』でも触れてはいたが、詳細は岩下尚史を通してしか知りえない。

豊田貞子は、赤坂の料亭若林の娘で、梨園に縁戚を持つことから、歌右衛門とは親しい間柄だった。花街では財界人、政治家、官僚が上客で、貞子は彼らの社交に加わる機会もあったから、文士である三島由紀夫の名に臆することもなかった。妙な言い方になるが、彼女の家庭の主観では、三島は格下の相手だったようである。出会ったときは、慶應女子高校を出たばかりの十九歳だった。着物は、銀座の伊勢半が毎日のように出入りし、下絵、染め、織り、仕立てに出し、その間に前に頼んだ着物が仕上がってくるといった具合で、三島と会うときは毎回違う着物を着た。その数は千枚は下らないだろうという。帯、衿、帯締め、帯揚げ、襦袢、腰紐も同様で、むしろ凝るのはこちらであった。

その年の八月末か九月初めには、体の関係を持つようになった。猪瀬直樹『ペルソナ』には、深夜、奥野健男に電話をかけ、女性を性的に満足させることができたと自慢したとあり、それが翌年の六月三日のことだというが、おそらく誤りであろう。すでにその前年から、三島は激しく彼女を求めていた。それにともない様々な所へ連れ回し、人に紹介もした。

しかし、金銭に鷹揚で贅沢な貞子との交際には金がかかった。先方の親も、長男で不安定な職業の三島には難色を示した。交際は三年で終わることになる。一九五七(昭和三十二)年の「春から夏になるあいだ」に、別れ話もないままに離ればなれになった。三島は七月九日から、ニューヨークに行きそのまま翌年の一月十日まで旅行を続けたから、関係は消滅したのである。ニューヨーク行きは、ドナルド・キーン訳の『近代能楽集』がクノップ社から出版されることになり、社の招きで行ったものだ。その予定は貞子も承知していたであろう。ニューヨークではすぐに上演の話も出たので、そのまま翌年の一月十日までニューヨークから各地を旅行し続けた。この旅行には三島の傷心が感じられる。「もう、わたくしのことを誉めて、崇《あが》めて、たいへんなの。また、口先ばかりでなく、心《しん》から優しいし、親切でしたからね。ほんとうに大切にして呉れました。ですから、かれと逢っていても、不愉快なことは、三年のあいだ、たゞの一度もなかったんです」と貞子は語っている(『ヒタメン』)。

飛躍の三年

豊田貞子と交際していた三年は、三島にとっては大きな飛躍の時期であった。「「おもしろいほど、書けて、書けて、しかたがないんだ」って云うのが、当時の公威さんの口癖でしたもの」という貞子のことばを『ヒタメン』は伝えている。絶好調、と言っていいだろう。

長編小説では『沈める滝』（「中央公論」一九五五年一～四月号、中央公論社、同年）、『幸福号出帆』（「読売新聞」一九五五年六月十八日～十一月十五日、新潮社、五六年）、『金閣寺』（「新潮」一九五六年一～十月号、新潮社、同年）、『永すぎた春』（「婦人倶楽部」一九五六年一～十二月号、講談社、同年）、『美徳のよろめき』（「群像」一九五七年四～六月号、講談社、同年）を書いた。ダムという新しい素材、新聞小説、禅寺を舞台にした傑作、婦人向けの洒落た恋愛小説といった異なるタイプの小説本を矢継ぎ早に出し、売り上げ部数も上々だった。短編小説では「海と夕焼」（「群像」一九五五年一月号）、「施餓鬼舟」（「群像」一九五六年十月号）、「橋づくし」（「文藝春秋」同年十二月号）、「女方」（「世界」一九五七年一月号）などの傑作秀作がある。戯曲は歌舞伎の「鰯売恋曳網《いわしうりこひのひきあみ》」（「演劇界」一九五四年十一月号）と「芙蓉露大内実記《ふようのつゆおほうちじつき》」（「文藝」一九五五年十二月号）があり、『近代能楽集』（新潮社、一九五六年）にまとめられる「班女《はんぢよ》」（「新潮」一九五五年一月号）と「熊野《ゆや》」（「三田文學」同年五月号）が、さらに「道成寺」（「新潮」一九五七年一月号）も書かれる。「白蟻の巣」（「文藝」一九五五年九月号）は岸田演劇賞を受賞し、『鹿鳴館』（「文學界」一九五六年十二月号、東京創元社、五七年）は文学座公演で大ヒットした。

　貞子との交際から生まれた作品もいくつかある。『沈める滝』のヒロインは「豪奢な着物」を着た人妻で、むろん貞子の衣装を使ったものだ。「施餓鬼舟」は、二人で熱海に泊まったときに見た旧盆の送り火が背景として使われている。死んだ妻がもたらした「幸福」に、作中の老作家は怖れたとある。貞子への芸術家としての三島の怖れである。無言で七つの橋を渡る願掛けの話「橋づくし」は、大阪の宗右衛門町から来た芸者の話を貞子が三島に伝え、赤坂から新橋の花柳界に移し替えて作られた話だという。三島は貞子を誘って築地に橋を見に行った。『金閣寺』を完成しただけでも飛躍と言ってよいが、この仕事ぶりである。豊田貞子は三島に贅沢を教え、コンプレックスを和らげ、子どもっぽい正直な面を引き出し、創作意欲をかき立て、日常生活の平安をもたらした人だった。

夢の成就

日記体のエッセイ『小説家の休暇』に、三島は次のような所感を書く。

　このごろ外界が私を脅やかさないことは、おどろくべきほどである。外界は冷え、徐々に凝固してゆく。さうかと云つて、私の内面生活が決して豊かだといふのではない。内面の悲劇などといふものは、あんまり私とは縁がなくなつた。まるで私が外界を手なづけてしまつたかのやうだ。そんな筈はない。（一九五五年七月五日）

精神的に安定している様子が表され、それに戸惑っている気持ちも窺える。これは豊田貞子と熱海ホテルに泊まったときに書かれたものだ。もちろんそんなことは書いていない。貞子は三島をそういう気持ちにさせる人だった。この引用文の後には「大体において、私は少年時代に夢みたことをみんなやつてしまつた。少年時代の空想を、何ものかの恵みと劫罰《ごふばつ》とによつて、全部成就してしまつた。唯一つ、英雄たらんと夢みたことを除いて」とあり、そのすぐ後に「やがて私も結婚するだらう」とある。「結婚」は、三島の方が熱心だったようである。「全部成就してしまつた」という断定にも驚かされるが、これを書いた部屋に貞子がいたことを思えば、二十歳の貞子がもたらしたものの大きさが窺える。「唯一つ、英雄たらんと夢みたことを除いて」とは、〝生活〟の満足に前意味論的欲動が埋もれていることをいう。ここには諦めとそれに伴う未練とが感じられるが、未練は大きくない。このときの三島は、まだ痩せて体力のない、「英雄」とはほど遠い著名な青年作家でしかなかった。

ボディビル

早稲田大学バーベルクラブ部の主将玉利齋《たまりひとし》を自宅に招き、ボディビルを試みたのは、一九五五(昭和三十)年九月十六日からである。「週刊読売」九月十八日号の特集記事「男性美時代ひらく　プロレスとボディー・ビル」を読んで決断したのだが、週刊誌の発売が九月七日なので、まさに速断である。躊躇したのはむしろ〝布教活動〟をしていた玉利の方だった。当日、三島宅に行くと海水パンツひとつで待っていた。三島の体を見て、医者の許可を取ってからにしようと言ったほどだった。「なるほど、こりゃあひどいわと。湯たんぽとか洗濯板のように胸のあばらが見える。湯たんぽはまだ厚いから、洗濯板です」(「三島由紀夫とスポーツ」)。「週刊娯楽よみうり」十一月二十五日号によれば、始めたときの体重は「十二貫八百匁」(四十八キログラム)、胸囲は「七十九センチ」だったのが約二カ月で「十三貫四百匁」(五十・二五キログラム)で「八十六センチ」になったという。自己申告なので鯖《さば》をよんでいる可能性はある。

週三回の練習を生真面目に続けた。十一月には『金閣寺』の取材で京都に滞在したが、東京からバーベルを送って旅先でもトレーニングを続けた。翌年三月には、体育指導者の鈴木智雄が自由が丘にボディビルジムを開き、そこに通った。九月にはボクシングも始めた。鈴木智雄の紹介で、日本大学拳闘部の小島智雄監督の下で練習し、一年ほど続けた。『鏡子の家』で日大拳闘部は描かれることになる。顔面を強打されると脳にダメージがあるというのでやめたが、もともとボクシングができ

ボディビルを始めた頃の三島(1955 年)．写真提供：朝日新聞社

るほどの体力と反射能力は持ち合わせてはいなかった。それでも、ボクシングをやろうというだけでも法外な進歩であった。

神輿を担ぐ三島．熊野神社の夏祭りで（1956 年 8 月）．写真提供：新潮社

神輿担ぎ

ボディビルジムの仲間が誘ってくれて、自由が丘の熊野神社の夏祭りで神輿を担ぐことになった。うっすらと筋肉がつき、体力にも自信が持てるようになっていた。『仮面の告白』にも書かれているが、神輿担ぎは幼時からの夢だった。二百四十貫の神輿というから九百キロ、それを四十人で担ぐのである。

このときの興奮を「陶酔について」(「新潮」一九五六年十一月号)に書いた。「今では私は他人の陶酔を黙つて見てゐることはできない。自分がそこから隔てられてゐるといふ悲劇的な諦念に満足することはできない」とある。健康と肉体コンプレックスの解消のために始めたボディビルが、三島の中に眠っていた欲動に火を点じたのである。「あの狂奔する神輿の担ぎ手たちは何を見てゐるのだらうといふ謎」も幼時からあった。担いでみて分かった。「彼らは青空を見てゐるのだつた」。人はこれを莫迦げた興奮と見るだろうか。この「青空」は三島由紀夫にとって、長い間決定されたものとしてあった壁が取り払われたところに現れたものである。「自分がそこから隔てられてゐるといふ悲劇的な諦念」が消え、皆と同じだという実感を味わった、その瞬間の「青空」なのである。

交際相手の貞子は、三島のボディビルを「よせば好いのに、当人は何んだか、たいへんに張り切っていました」（『ヒタメン』）と、距離を置いて見ていた。彼女は相手の懐に飛び込んで、引っかき回す人ではない。だが、貞子との日常生活の「幸福」を享受していた三島は、それを食い破る前意味論的欲動の芽生えを、初めて自身の肉体を通して感じ始めていたのである。

『金閣寺』の達成

『金閣寺』は、「新潮」連載中から評判が高かった。連載終了月の一九五六（昭和三十一）年十月に新潮社から単行本として刊行されると、兎見康三、臼井吉見、河上徹太郎、中村光夫、中島健蔵、安部公房、平野謙、山本健吉らが賞賛した。とりわけこれまで三島には点の辛かった中村光夫が、素材にもたれかからず「作家の思想と文体の力で独自な世界を築きあげる」ことに成功した作品だと評価した（「『金閣寺』について」）。「読売新聞」の「１９５６年ベスト・スリー」）では、十人の批評家すべてが『金閣寺』に一票を投じ、第一位となった。

この小説は、一九五〇（昭和二十五）年七月二日に起こった金閣放火事件が素材となっている。鹿苑寺の徒弟僧林承賢《はやししょうけん》（僧名養賢）が、劣等感や寺への不満から起こした事件だった。東京の高級官吏の家に育った三島が、舞鶴近郊の貧しい寺出身の青年僧を描くという意外性は、新鮮だったにちがいない。三島は、勤勉な取材で肉づけをした。しかし中村光夫が評したように、『金閣寺』は特異な事件を基にしながら、作者の切実な内面が深く投影し、そこが〝これぞ文学だ〟と言わしめたのである。

構成も緊密で、挿話の照応が見事だった。海軍機関学校の生徒が持つ美しい短剣の鞘に醜い傷をつけた挿話は、破壊的な予兆として響いた。有為子の死と彼女の面影の出現も美しい。小林秀雄は「コンコンとして出てくるイメージの発明」を賞賛した（三島との対談「美のかたち」）。作品の内的な論理構成が緊密で、一個の完結した文学世界が形成され、三好行雄はそれを「ミクロコスムス」と呼んだ（『作品論の試み』）。翌年一月には、読売文学賞を受賞し、三島由紀夫は『金閣寺』によって作家として明らかに一段高いステージに上がったのである。

『金閣寺』のあらすじ

貧しい寺の子として生まれた溝口（「私」）は、父から教えられた金閣の美を心に描きながら育った。吃音があり内向的な性格だったために、美しい有為子を思っても相手にされない。その有為子は、恋人の脱走兵を匿った事件で射殺されてしまう。鹿苑寺の徒弟となった溝口は、東京から来た明るい性格の鶴川に親しんだ。はじめは実物の金閣を美しいとは思わなかったが、戦争が激しくなり空襲が予感されると、悲劇的な美しさが増した。父は死に、訪ねてきた母は、田舎の寺は処分したから、鹿苑寺の住職になるよう教唆する。そういう母を、溝口は憎んだ。

戦後は、老師の厚意で鶴川とともに大学に入学し、内翻足の障害がある悪意に満ちた柏木と知り合う。彼の手引きで女と交わろうとすると、そこに金閣が出現し不能に陥ってしまう。それは何度か続いた。鶴川が交通事故で死に、次第に金閣とは相容れなくなり、老師との間も険悪になった。寺を出奔し、舞鶴近郊の由良川が注ぐ日本海を見ているうちに、金閣を焼かねばならないという想念に至る。

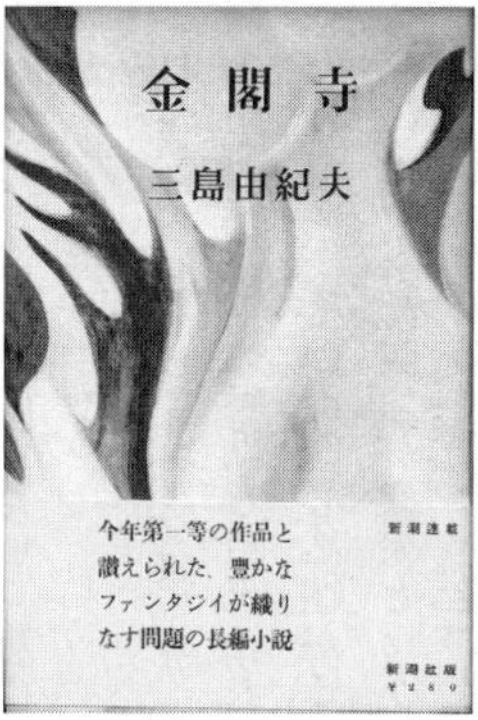
金閣寺
三島由紀夫
今年第一等の作品と
讃えられた、豊かな
ファンタジイが織り
なす問題の長編小説
新潮社版
『金閣寺』(1956年10月新潮社刊)．県立神奈川近代文学館所蔵

何かを察知した柏木がやって来て、鶴川の死はじつは自殺だったと告げ、溝口の企てを潰そうとした。しかし、「人生」を邪魔する金閣を焼かねばならないと考える溝口は、老師から預かった授業料を遊廓で遣い込み、放火の準備を進める。決行の直前になって無力感に襲われるが、辛くも立ち直って火を放つ。突然、三階の究竟頂《くきょうちょう》で死のう

と思ったが、扉が開かない。裏山へ逃れ出て、用意した小刀とカルモチンを谷底に捨て、「生きよう」と溝口は思った――。

『金閣寺』は、誰もが金閣放火の結末を知っている奇妙な小説である。今野忠一描く炎の図柄の初刊単行本の表紙も結末を表してしまっている。したがって、なぜ金閣を焼かねばならなくなるのか、その内的必然性がこの小説の駆動力となる。美に憧れ、美に親しみ、美に拝跪する溝口の特異な観念が放火という行為を呼び込むのか。金閣の美を教えた父、美しく冷たい有為子、老師の後を襲うのを唆《そそのか》す母、明るい性格を装い自殺した鶴川、女との間を手引きし、悪意ある生き方を使嗾する柏木、権力を手にしながら無力感を抱かせる老師、そして彼らとの間に生じる関係が、放火の決意を促したのか。

ここには、日常的感情とは懸絶した固有の観念が息づいている。共感を覚えるよりも、観念の独自性を追うことに知的な興味が生じるのだ。だがそれでは、小説として読者の心《しん》からの没入を妨げはしないか。「観念的私小説」(中村光夫)、「抒情詩」(小林秀雄)という批判は免れない。「抒情詩」とは、本質的に他者と絡み合わない主人公の独白といった意味だ。『金閣寺』は〝これぞ文学だ〟という評価を得ながら、小説としては閉塞していることになってしまう。

柏木

『金閣寺』は、溝口が「私」という一人称を用いて書いた手記である。しかしその手記の中で、「今日まで、詩はおろか、手記のやうなものさへ書いたことがない」と書いている。吃音であるために、おそらく彼はこれほど長い内容を話したこともない。「人に理解されないといふことが唯一の矜《ほこ》りになつてゐた」と述べ、「表現の衝動に見舞はれなかつた」とも述べている。しかし溝口は、金閣を焼くまでの長い経緯を書くようになったのである。彼はどこかで変貌したのだ。『金閣寺』という小説は、「表現の衝動に見舞はれなかつた」溝口が、この長い手記を書くまでに変貌したドラマをも含んでいるのである。

では、この手記は誰に向けて書かれたのであろうか。不特定の人に向けて、というのがさしあたりの正しい答えとなろう。「私の言はうとしてゐることを察してもらひたい」という呼びかけがあることからすれば、自分自身に向けて書いたものではない。とはいえ、これは誰かに向けて書かれたものだと考えられないだろうか。その答えをまず明かすならば、この手記は柏木に向けて書かれたものだと考えられるのである。

内翻足という条件をフルに活用して、悪辣に世渡りをやってのける柏木は、一方で友情に厚く、内閉しがちな溝口を外に連れ出してくれた人物である。放火前に「何かこのごろ、君は破滅的なことをたくらんでゐるな」と言って訪ねて来たのは、溝口が自殺をすると誤解し、止めに来たのだ。「俺は友だちが壊れやすいものを抱いて生きてゐるのを見るに耐へない。俺の親切は、ひたすらそれを壊すことだ」と言い、自殺をとどめたと誤解したまま夏休みの帰省をした柏木に、美を焼いて「生きよう」とした溝口の真情は、この手記を書くことでしか伝わらないのである。そもそもこの手記は、柏木が初対面の折に披瀝したあの「童貞を破つた顚末《てんまつ》」という長広舌に対する応答になっているのである。

『金閣寺』を、溝口から柏木への応答を記した手記として捉えるならば、この小説は決して溝口の内部で閉塞した「観念的私小説」でも「抒情詩」でもないということになる。『金閣寺』を柏木への応答の書として見ることで、それはまた読者にも開かれた小説になるのである。

『金閣寺』にまつわる誤解

『金閣寺』にはある種の誤解がつきまとう。誤読でなく、誤解である。奥野健男の文章を引く。

> おそらく三島由紀夫は、絶対の美を独占し、自分ひとりのものにしたいため、その絶対の美を自分の手で破壊、消滅させる。しかも炎に包まれる断末魔の美の絶頂とも言える姿に同一化して行く青年の姿を想像したのだろう。（『三島由紀夫伝説』傍点引用者）

急いでつけ加えておけば、奥野は連載が始まったときにこう「予想」し、「期待と共感を抱いた」が、実際の『金閣寺』はそうはならず、「不気味」な作品で「好きな作品ではない」と続くのだが、その点はいまは問題にしない。問題は、奥野の「予想」にあるように、主人公は、美もろともに滅びるべきだったという見解が存在し、それが誤解として『金閣寺』にはつきまとっているということである。小林秀雄にしてからが、「どうして殺さなかったのかね、あの人を」と発言している。一人称の語り手を、作中で殺すわけにはいかないのを承知の上でこう言うのは、金閣とともに主人公が滅びるのを求める気持ちがあるからだろう。冷徹な読み巧者である三好行雄も、「これがかつて信じていた〈彼方の生〉の明証なのか？　最後のあの〈拒まれてゐる〉という意識には行為の明白な挫折があったはずで、かれはいぜんとして、内界と外界を閉ざす錆びついた扉の鍵を手に入れてはいない」と述べている（『作品論の試み』）。究竟頂に到達できなかったことを「挫折」と捉えて、この誤解と意識を共有しているのである。

三島の死に様は、よりいっそう美とともに滅びるべきだったという誤解を助長したと思われる。二〇一九年に日本で上演された宮本亜門演出のオペラ「金閣寺」（初演はフランス）でも、燃える金閣から脱出した主人公が、後ろ向きに背後の舞台奥の空間に身を投げるシーンで幕となったが、これも「生きよう」という原作に、誤解の残像が被さったように見受けられた。

しかし、『金閣寺』の最後は、小刀とカルモチンを谷底に投げ捨て、煙草を喫んで「生きようと私は思った」となっている。「人生」を邪魔する「美」を滅ぼし、「生きよう」と思うのである。これは、三十一歳になった三島に、ボディビルによる筋肉と健康がもたらされ、当時交際していた女性との初めての性的関係も順調に保たれていたことで、生活者として「人生」を歩もうとしていた意思と符合する。三島に引きつけて言えば、金閣の「美」とは、感受性であり幼年時代から持ち越した気質であり美意識である。それは太陽との出会いやギリシャ体験やボディビルによる自己改造によって「すりへらしてくる」べきものであり、「焼かなければならぬ」ものだった。いわば作者の実人生が成し遂げてきたことを、美という固定観念に取り憑かれた主人公を通して虚構化したのが『金閣寺』なのである。

『金閣寺』には二冊の創作ノートがあるが、その一冊目に赤の油性ペンで大きく「彼の人生を／容易ならしむる／悪魔あらはれる。／絶対者＝人生を困難／ならしむるもの。／それを滅ぼす主題。」と書かれている。「悪魔」とは柏木のことであり、「絶対者」とは金閣の美のことで、この作品の主題が簡潔明瞭に記されている。柏木の導きで内向的な溝口は外界との接触を試み、「人生」に乗り出そうとするが、金閣の美がそれを阻む。だから「人生」を邪魔する美を滅ぼす、ということである。

誤解の原因は二つあると考えられる。一つは、主人公が「生きよう」と思うには、自己の内なる「絶対者」である「美」を滅ぼさなければならないのに、外部にある建築物の「美」を滅ぼすからである。この論理の先には、建築物もろとも主人公が滅びれば、内なる「絶対者」も滅びることになるという見方が生ずる。しかしそれでは、「生きよう」という結語には至らない。この論理を押し進めて、内なる「絶対者」を滅ぼし「生きよう」とするには、外部の建築物と内なる「絶対者」である「美」とが繋がっていなければならない。作者はこの点に気づいていたと思われる。放火直前に、主人公が虚脱し金閣の美に魅せられる場面を挿入したのはそのためであろう。この「美」は闇の中の建築物の金閣に重なった「幻の金閣」で、この「幻の金閣」が「絶対者＝人生を困難／ならしむるもの」であり、それは建築物と結び合い重なっているのである。この重なりから、建築物の金閣を焼けば、内なる「絶対者」としての「美」も滅びることになる。そのように読まないと、作品論理の整合性が狂ってしまう。

　誤解の原因の二つ目は、「絶対者」という語句から、三島の前意味論的欲動が自然に召喚されてしまうからである。主人公は火を放った後、突然三階の究竟頂で死のうと考える。究竟頂での死が、「絶対者」に対する「身を挺する」「悲劇的なもの」を想起させるのである。しかし作品は、扉が開かず「拒まれてゐる」と思い、外に飛び出す、という運びになっている。作者にしてみれば、扉が開かなかったという偶然を設えることで何とか「生きよう」と思う地点へ漕ぎ着けたのだが、この偶然は、読者に本来ありうべき結末を見せてしまったのである。

『金閣寺』は、予定通り最後の一句にたどり着いたが、作品の最終章にはそれを裏切る別の力が侵入したとしか思えない。究竟頂で死のうと突然思ったところにそれは表れている。別の力とは、〝ボディビルの効果〟とでも言ったらよいだろうか。時間的には後のことになるが、自由が丘の熊野神社の神輿担ぎはすでに予定されていたはずで、その「陶酔」の予感が『金閣寺』の最終章に流れ込んでいたというのは、強引な誘導だろうか。『金閣寺』の完成は一九五六(昭和三十一)年八月十四日で、熊野神社の夏祭りは八月十九日である。

三島の最期を知るのちの読者は、意図的でなくともその死を遡及的に読解に織り込んで、主人公の死が、内なる「絶対者」を葬るというストーリーを生じさせたくなる。そしてそれが誤読ではなく、作品の中にそのような誤解を誘発する力が侵入していたように感じられるのだ。柏木が人生を耐えるのには「認識」が必要だと主張したのに対し、溝口は「行為」だと言い、その「行為」は究竟頂での死に一瞬向かうことになる。この流れには、小説『金閣寺』に本来あるべきでない力が加わっているような感じを受ける。結末の一文を重視するかぎりは、繰り返しになるが、金閣の「美」を焼いて「生きよう」とすることが溝口の「行為」なのである。

〝ボディビルの効果〟が、『金閣寺』の小説内論理の整合性に、別の力学を生じさせ、作品の意図を超えて違う意識の侵入を許してしまったと考えられる。五日後の熊野神社の神輿担ぎでの「陶酔」は、『金閣寺』を三島にとっての〝過去〟にし、しかしその先取りされた未来を侵入させることで、『金閣寺』を現在の自己に係留しようとしたと思えるのである。

第四章　特殊性を超えて——三十代の活動

本章で扱う一九五七（昭和三十二）年から一九六四（昭和三十九）年の、三十代の活動を概観しておこう。『金閣寺』の成功によって文壇の若き大家に駆け上った三島由紀夫は、その後もコンスタントに力作を発表していき、日本文学を代表する作家になる。杉山瑤子との結婚、ビクトリア朝風コロニアル様式の家の新築、二人の子どもの誕生などもあり、生活の基盤が固まったのもこの時期である。さらに映画出演、レコードの吹き込み、プライバシー裁判での被告、細江英公の写真集『薔薇刑』のモデル、文学座の脱退などの波乱に富む出来事があった。

この時期の三島は、それまでの〝文士〟には見られなかった様々な顔を世間に曝すようになっていった。とりわけ、大映と俳優の専属契約を結び、主演映画「からっ風野郎」の撮影に入ったときは、スポーツ新聞や週刊誌が大きく取り上げたために、文学に関心のない人たちにも名前と顔が知れ渡った。まさにセレブリティの時代が到来したのである。

しかし、本業の小説では、傑作、秀作、話題作を物しながら、本の売れ行きは芳しくなくなっていった。『美徳のよろめき』（講談社、一九五七年）は三十万部を売りベストセラーとなり、『金閣寺』は二カ月で十五万五千部が売れ、『永すぎた春』（講談社、一九五六年）も十五万部が出たから、純文学作家でかつ売れる小説家として成功していた。一九五七年から『三島由紀夫選集』全十九巻（新潮社）が刊行されたのも、その勢いが買われたからである。すでに一九五三（昭和二十八）年に六巻本の『三島由紀夫作品集』（新潮社）が出ていたが、この若さで二度の『作品集』『選集』を出すのは異例のことである。それが、一九六二（昭和三十七）年の『美しい星』になると二万部弱、翌年の『午後の曳航』は五万部という数字にとどまった。どちらも悪い作品ではない。むしろ三島作品の中でも良質な出来で、作者も力を籠めて書いたものだ。純文学としては上々の部数だが、一桁落ちたのである。

何が起こったのか。読者に〝飽き〟が生じたとしか考えようがない。デビュー作から熱心に追いかけてきた読者がある時期から離れてしまうというのはよくあることだ。多彩な活動がマスコミへの露出度を高くし、特段の理由もなく熱心な読者が離れていく。作者には責任のない凋落である。

この時期の三島作品に見られる特徴は、意識的に社会事象を取り込んでいこうとする態度である。現実の政治や経済、社会状況を自己の文学の中に引き入れ、それと向き合う人間を描くようになっていった。「「金閣寺」で私は「個人」を描いたので、この「鏡子の家」では「時代」を描かうと思つた」（「「鏡子の家」そこで私が書いたもの」）という意図は、『金閣寺』についての中村光夫の「観念的私小説」という批評が残響していたからとも思える。三島が『仮面の告白』『金閣寺』から異なる地平に出ようとしていたのは明らかである。

「「戦後は終つた」と信じた時代の、感情と心理の典型的な例を書かうとした」(同前)という『鏡子の家』(新潮社、一九五九年)、東京都知事選を描いた『宴のあと』(「中央公論」一九六〇年一～十月号、新潮社、同年)、核時代の人類の危機を背景とするSF的な『美しい星』(「新潮」一九六二年一～十一月号、新潮社、同年)、海のロマンを捨て陸の生活を築こうとする二等航海士を描いた『午後の曳航』(講談社、一九六三年)、製糸会社のワンマン経営者と労働争議を扱った『絹と明察』(「群像」一九六四年一～十月号、講談社、同年)などは、いずれも個人の特殊性の表現で終わるまいという意思が働いていると考えられる。個人の特殊性を広く社会的な事象の中に置いてみることを、その特殊性が強ければ強いほど切望することになるのである。

『鏡子の家』がその結節点となるが、しかし例えば『午後の曳航』は、個人の特殊性であるロマン主義を救済するかのような小説になっている。結婚を決め船を降りた二等航海士の塚崎竜二は、彼を英雄視していた少年たちに処刑されるのだが、ここには、ロマン主義の放棄を許さない少年たちの心情が表現されている。『午後の曳航』と並行して書かれた『私の遍歴時代』では、「自分の感受性をすりへらして揚棄した、などといふと威勢がいいが」とあり、「私は生来、どうしても根治しがたいところの、ロマンチックの病ひを病んでゐるのかもしれない」と述べている。感受性を「すりへらして揚棄し」古典主義を標榜したが、「ロマンチックの病ひ」

という特殊性は捨てきれないと言っているのである。

三島由紀夫の特殊性と普遍性の格闘は、直線的な変化にはならない。個人の特殊性に埋没すれば他者や社会との関係が希薄になり、狭隘な袋小路に入ってしまう。時代や社会を描いても、特殊性に通じていなければ生きた文学とはならない。この時期の最大の作家的課題はここにある。一旦特殊性を古典主義で包《くる》んだもののそこに安住はできず、特殊性を社会化した上で「ロマンチックの病ひ」はやはり育てようと考えているのである。

一　『鏡子の家』の失敗

近距離の不幸

『鏡子の家』には、意外にファンが多い。『鏡子の家』が好きだという人に何人も出会ってきた。失敗作だと言われているから、あえて「好きだ」と口に出す、『鏡子の家』はそういう読者を持つ作品のようである。

座談会「一九五九年の文壇総決算」で、『鏡子の家』は批判された。山本健吉、平野謙、江藤淳、佐伯彰一、臼井吉見の全員が厳しい評価を下した。新しいものが出ていない（平野、江藤）、時代設定に意味がない（平野）、四人の登場人物が三島由紀夫の「いろんな面を部分的に代表しているだけ」で人物の「ぶつかり合いが起らない」（佐伯）、「人物の設定が三島式紋切型」（臼井）、「いままで三島さんの創つた人物の人物評論をしている」（江藤）、「ハタと当惑するような人物が踊り出していない」（臼井）といった具合で、山本健吉が「こんど初めて大きな失敗をしたんです」と総括した。同様のことは村松剛、ドナルド・キーンも述べている。満を持しての第一部、第二部二冊の書き下ろし、しかも、執筆する日々の様子を「日記」（『裸体と衣裳——日記』に改称、新潮社、一九五九年）に記し「新潮」に連載していたから、期待は高かった。座談会の発言を読むと、これまでの作風とは異なる新境地が求められていたようである。『鏡子の家』はそういう小説ではない。しかし小説を読み返してみると、『鏡子の家』は作者の熱意も感じられるし、力の入れ具合もいい。人物造形も時代も場所も魅力的で、描写や出来事も興味

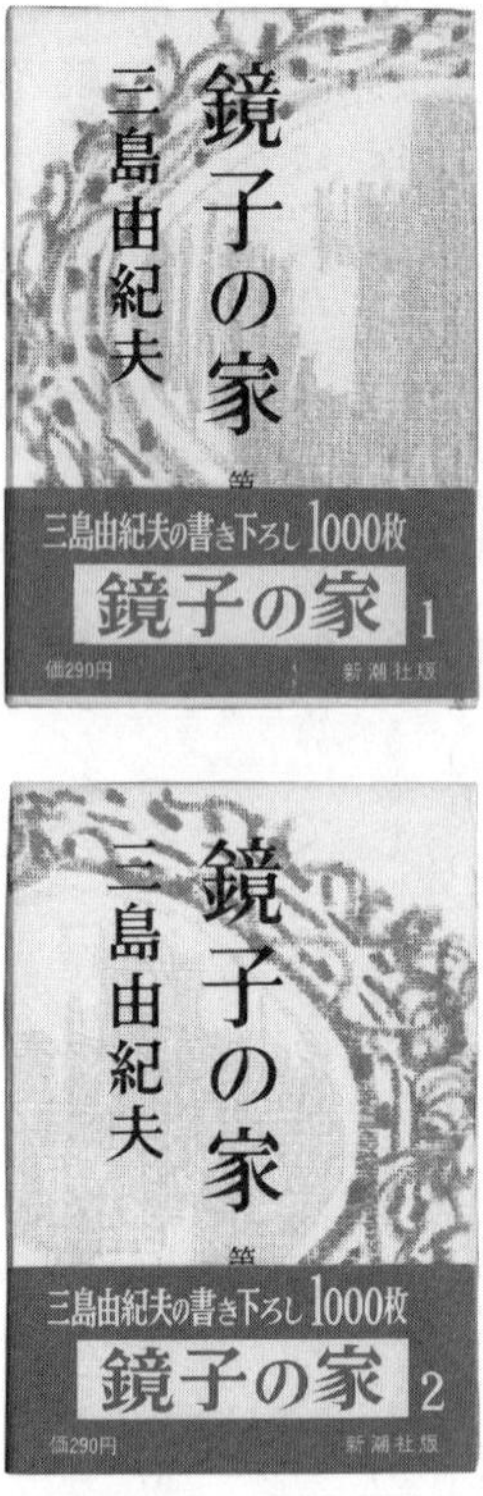

『鏡子の家』（1959 年 9 月新潮社刊）．県立神奈川近代文学館所蔵

をそそる。思想的にも奥行きがある。魅力的な場面は随所にあるし、プロットの展開も自然で面白い。要するに小説の技術や作りに問題があるわけではない。何かが掛け違ったのだ。『鏡子の家』は、批評家には距離の近さが悪く働いたのである。同時代の東京での話で、露出度の高い三島由紀夫のあからさまな分身を描いた小説に思えたのだろう。愛される作品なのだが、〝失敗作〟という同時代評は、なかなか覆せない。

不道徳なサロン

友永鏡子は有産階級の家つき娘で、夫を追い出して一人娘と気ままに暮らしている。その鏡子の家に、四人の若者が出入りする。世界崩壊を密かに信じていて、表向きは人づき合いもよく有能でもある一流商社のサラリーマン杉本清一郎、瞬時もものを考えないように努めているボクサーの深井峻吉、感受性が豊かで大人しい性格の日本画家の山形夏雄、美貌のナルシストで、怠け者なので役のつかない舞台俳優の舟木収である。鏡子は身持ちは堅いが、「アナルヒーを常態」だと思い、「誰よりも無秩序を愛してゐ」る。だから鏡子の家は「おそろしく開放的な家庭で、どことはなしに淫売屋のやうな感じ」があって、どんな「不道徳」な話も許された。青年たちは気軽にやって来て、勝手に振る舞う。ただし「お互ひに全然助け合はない」という不文律があって、「ぶつかり合いが起らない」(佐伯彰一)のである。

この小説内の時間は、一九五四(昭和二十九)年四月から五六(昭和三十一)年四月までの丸二年間である。自由民主党が発足し、左右の社会党が統一し、共産党は六全協によって武力闘争路線を捨て議会政党に転換した。いわゆる五五年体制が始まった年である。「もはや戦後ではない」という経済白書が発表されたのは、一九五六年七月だった。鏡子は、焼け跡がすっかりなくなった東京の「復興」に驚いている。実際、この頃「町並みの掘っ立て小屋が本建築に、駅前バラックがビルに変わ」り、「秩序のよみがえり」は「風景」に現れたと、闇市焼け跡派の作家野坂昭如は回想している(「私の転機」「朝日新聞」一九八四年十一月六日夕刊)。鏡子の家は富裕な家でありながら、そういう時代にあって焼け跡時代の「無秩序」な空気を残すサロンとしてである。だからどんなに「不道徳」な話もでき、彼らが一様に抱く「ニヒリズム」が解放された。『鏡子の家』は「私の「ニヒリズム研究」だ」と三島は述べている(『裸体と衣裳』)。

小説の前半で、四人の青年たちはそれぞれに成功する。『鏡子の家』の魅力の一つは、価値の無と存在の無の「ニヒリズム」に親しむ彼らが、時代に流されず自分たちの流儀で成功を勝ち取るその喜ばしさにある。この自分たちの流儀に、彼らの前意味論的欲動が表れている。世界崩壊を夢見て会社での出世など望んでいない清一郎は、副社長の娘と結婚することになり、一瞬のパンチの炸裂だけに生き甲斐を感じている峻吉は、プロ転向の第一戦をKO勝ちし、夏雄は気に入った夕日の風景を好きなように描いて、新聞社の賞を受けて有名になり、収は痩せた身体を改造したいと願い、怠惰を捨ててボディビルに励み筋肉を身につける。後半になって自壊作用や蹉跌が起こるのも、彼らの負の面が現れたようでリアリティがある。清一郎は、転勤先のニューヨークで妻を男色の青年に寝取られ、夏雄は突然絵が描けなくなって神秘主義に入り込み、峻吉は全日本チャンピオンになった夜に喧嘩で拳を複雑骨折してしまい、収はサディスティックな醜い愛人と心中してしまう。

その後の彼らは、それぞれに生を立て直す。清一郎はなんとか動揺をやり過ごし、地味なサラリーマンに身をやつして生きていくし、夏雄は神秘主義から抜け出し、絵の勉強のためにメキシコに行く決心をし、峻吉は信じてもいない右翼団体に加入し、節制をやめて太ってしまう。そして鏡子は夫と復縁し、鏡子の家を閉じることにするのである。彼らは、平凡な日常を生きようとして、「秩序」を取り戻した時代に自己を合わせる。それは、この小説の執筆中に結婚し、家庭を持った三島の生き方と無関係ではない。

赤ん坊を捨てる

三島が自分を四人の青年に分割して表現したのは、彼の中の四つの欲動の行方を日常生活の中で点検しようとしたからだと考えられる。収のように存在論的感覚と結びついた性を追求すれば、死に至ると判断したのだろう。欲動を手懐けながら生きていくとすれば、どうすればよいのか。清一郎のように世界大の悪を隠し持ちながら、堅実に生きる道を探り、夏雄のように芸術家として新しい刺激を求めて旅立ち、峻吉のように行動に値する「大事《だいじ》」を見つけるまでは、「全然信じないものを目的」にして時間をやり過ごす。これがストーリーの中から生まれた結論である。三島は「「時代」を描かう」としながら、その時代を生きる自分を思い描いたのである。そのために「失敗作」と言われた。これにはひどく応えたはずである。三島由紀夫は実は愚痴っぽい人である。八年ほど後にそれがこんなふうに出る。

「鏡子の家」でね、僕そんな事いうと恥だけど、あれで皆に非常に解ってほしかったんですよ。それで、自分は今川の中に赤ん坊を捨てようとしていると、皆とめないのかというんで橋の上に立ってるんですよ。誰もとめに来てくれなかった。それで絶望して川の中に赤ん坊投げ込んでそれでもうおしまいですよ、僕はもう。（中略）それから狂っちゃったんでしょうね、きっと。（大島渚との対談「ファシストか革命家か」「映画芸術」一九六八年一月号）

この川に捨てた「赤ん坊」が何なのかは分かりにくい。小説の終わりで示された清一郎、夏雄、峻吉の選択は、理に合わない無駄な人生の選択とは思えない。むしろ逆に、社会や時代に合う次善の策のように見える。そこが問題なのである。この選択には、人が生きていく上での

〝生活〟を重んじた〝正しさ〟がある。しかもその〝正しさ〟は、自己にとって最も根深いものに封印をすることで得る〝正しさ〟である。おそらく三島の言う「赤ん坊」は、彼らの生きる理念であり、その理念は彼らの、そして三島の前意味論的欲動と繋がっている。

確かに『鏡子の家』の「赤ん坊」を誰も心配しなかった。嘆いた三島はどうしたか。自ら赤ん坊を拾って育て直すことにしたのである。「それから狂っちゃったんでしょうね、きっと」と言った三島が次にしたのは、「憂国」を書くことだった。「憂国」はそういう作品である。

解放された「憂国」

「憂国」(「小説中央公論」一九六一年一月号)の前に、三島は「愛の処刑」を書いている。男性同性愛のアドニス会の機関誌「ＡＤＯＮＩＳ」の別冊「ＡＰＯＬＬＯ」五号(一九六〇年十月)に、「榊山保」の筆名で発表した短編小説である。愛する教え子を死なせてしまった体操教師が、別の教え子からその過失を責められ切腹する話である。血まみれの切腹の最中に交わされる教え子との愛のことばと苦痛の描写が、この小説を特異なものとしている。「愛の処刑」の存在は話では聞いていたが、変名を使っていること、原稿に複数の人の手が入っているらしいこと、発表誌が稀書であることから扱いが難しかった。『決定版　三島由紀夫全集』の編集過程で、ノートに書かれた三島のオリジナル原稿が出てきたのだが、その意義は小さくない。作品の存在自体もさることながら、切腹という行為に、三島の前意味論的欲動が具体化していることがはっきりしたからである。「憂国」で想像されたことが補われた形である。

「憂国」も同様に、介錯のない切腹の描写が一編のかなりの部分を占める。「憂国」は、新婚であるがゆえに二・二六事件の決起に誘われなかった武山信二中尉が、友を討たねばならなくなった情勢に痛憤して、妻の麗子と自刃する話である。小説は、最後の交情と武山の切腹場面が大半を占め、それがジョルジュ・バタイユの『エロチシズム』のように一体化する。死を前にした性の昂ぶりと、大義のために妻の目の前で死の儀式を行う「至福」がテーマである。これは「身を挺する」「悲劇的なもの」という前意味論的欲動の全的な解放にほかならない。

三島は新潮文庫『花ざかりの森・憂国』の自作解説で、「もし、忙しい人が、三島の小説の中から一編だけ、三島のよいところ悪いところすべてを凝縮したエキスのやうな小説を読みたいと求めたら、『憂国』の一編を読んでもらへばよい」と述べた。それほどに重要視したのは、

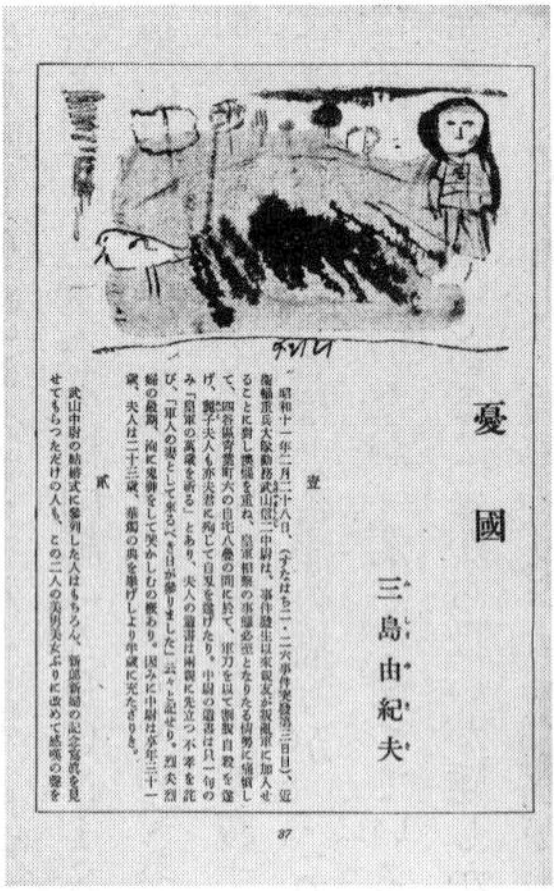
憂國

三島由紀夫

壹

昭和十一年二月二十八日、（すなはち二・二六事件突発第三日目）、近衛輜重兵大隊勤務武山信二中尉は、事件発生以来親友が叛乱軍に加入せることに対し懊悩を重ね、皇軍相撃の事態必至となりたる情勢に痛憤して、四谷区青葉町六の自宅八畳の間に於て、軍刀を以て割腹自殺を遂げ、麗子夫人も亦夫君に殉じて自刃を遂げたり。中尉の遺書は只一句のみ「皇軍の萬歳を祈る」とあり、夫人の遺書は両親に先立つ不孝を詫び、「軍人の妻として来るべき日が参りました」云々と記せり。烈夫烈婦の最期、洵に鬼神をして哭かしむの概あり。因みに中尉は享年三十一歳、夫人は二十三歳、華燭の典を挙げしより半歳に充たざりき。

貳

武山中尉の結婚式に参列した人はもちろん、新郎新婦の記念写真を見せてもらつただけの人も、この二人の美男美女ぶりに改めて感嘆の聲を

37

「憂国」(「小説中央公論」1961年1月号掲載)．日本近代文学館所蔵

この小説が〝三島由紀夫〟を露わにした作品だからである。「それから狂っちゃったんでしょうね、きっと」ということばは、「愛の処刑」と「憂国」に向かっていたと考えられる。

だが、「愛の処刑」には大義といったものがない。死んだ教え子への愛はあるが、それはセクシュアルな愛である。武山信二と麗子の性の営みは、「余人の知らぬ二人の正当な快楽が、大義と神威に、一分の隙《すき》もない完全な道徳に守られたのを感じた」とある。この点の違いは大きい。「憂国」は、作品の意匠は全く異なるが、『潮騒』の幸福感に通じているのである。新治と初江は、汎神論的な自然や共同体に守られて「正当な」恋に落ちた。人が孤立していないということである。何ものかに守られているという感覚が一種の安定をもたらすとすれば、こういう小説を書く三島由紀夫には、この種の安定を希求する心理があったということになる。

「憂国」の問題点

「憂国」を深沢七郎の「風流夢譚」と並べて出したらどうかと、三島は原稿を取りに来た編集の井出孫六に提案したという（井出孫六「衝撃のブラックユーモア——深沢七郎『風流夢譚』」）。夢の中で皇族を惨殺する「風流夢譚」の「毒を消さんがため」に、三島は急遽「憂国」を執筆したのではないかとまで井出は推察しているが、それは分からない。結局「憂国」は「小説中央公論」に、「風流夢譚」は「中央公論」に掲載され、三島の心配は的中した。右翼の少年が中央公論社の嶋中鵬二社長宅を襲い、手伝いの女性を殺傷し嶋中夫人に重傷を負わせたのである。

「風流夢譚」を原稿で読んでいた三島が、両作品の併載を提案した心の内には、「憂国」が孕む反天皇観が容易には露見しないだろうという予見があったと思われる。

武山中尉が帰宅して妻に自決の決意を伝えるのは二月二十八日の夕刻で、そのとき彼はこう言う。「おそらく明日にも勅命が下るだろう。奴等は叛乱軍の汚名を着るだろう。俺は部下を指揮して奴らを討たねばならん。……俺にはできん。そんなことはできん」。武山中尉の自裁は、友を討つことが耐えがたいからであるが、穿った見方をすれば、「新婚の身」ゆえにこの挙に誘われなかったものの、誘われれば彼自身が率先してこの挙に出たことが推察されるのだ。あるいは武山は皇道派の青年将校で、彼の政治的立場が決起軍の側にあったために、彼は自裁を決意したと考えるのが自然である。武山中尉は処刑される側にいたと考えられる。

武山中尉に「身を挺する」「悲劇的なもの」への欲動があったことは確実だが、彼の忠誠対象は分裂し、二月二十八日の帰宅時にはまだ迷いが残っていた。神棚には「天皇皇后両陛下の御真影」が飾られ、二人は毎朝「深く頭を垂れた」が、その天皇は、決起軍を「叛乱軍」として自ら鎮圧に赴こうとした。それを武山は知っている。武山信二と麗子が命を捧げるのは「大義と神威」となり、そこにまだ迷いがあるから、武山は遺書を書く際に「ためらつた」のだ。そして「「皇軍万歳　陸軍歩兵中尉武山信二」／とだけ書いた」のである。通常書かれる天皇への「万歳」の祝意はない。このとき迷いは吹っ切れ、明瞭に「大義と神威」に「身を挺する」ことになる。

ここには五年半後に書かれる「英霊の声」に発展する忠誠対象への批判が潜んでいる。そのことを三島由紀夫は自覚し、しかしそれが容易に露見しないだろうという予測のもとに、井出孫六への提案に至ったものと思われる。

二　理念を生きる人たち

「弱法師」の狂気

「憂国」は三十五歳のときの作品だが、三十代後半の作品を概観すると、主人公が固有の〝理念〟を生き、それが外界とどのような関係を生じさせるかを描こうとしていたように思える。戯曲「弱法師《よろぼし》」『薔薇と海賊』と長編小説『美しい星』『午後の曳航』の四編を見ていこう。

〝理念〟を生きるとは、避けようもなく現実に対し力を行使することなので、生のこわばりや生き辛さが生じる。これらの理念の根底にあるのが、前意味論的欲動である。この掛け替えのない欲動は、往々にして現実生活や社会からの理解が得られない。しかし、それがなくては自己が保てないという気になるので、捨てることもできない。この前意味論的欲動を現実との接点にまで引き上げて、現実と切り結ぶ〝理念〟として抽出し、その理念に具体像を与えて登場人物固有の思想なり理想なり信念なりを具象化する。そしてそれが現実生活や社会といかなる摩擦や対立を起こすかを創造してみせたのがこの時期の作品と言ってよいだろう。

『近代能楽集』(1956年4月新潮社刊)．県立神奈川近代文学館所蔵

『近代能楽集』のうちの一編「弱法師」もそういう作品である。「弱法師」は、鉢の木会の雑誌「聲」の一九六〇(昭和三十五)年七月号に発表された。鉢の木会は中村光夫、吉田健一、福田恆存《つねあり》、吉川逸治、大岡昇平、神西清、三島由紀夫らの飲食をともにする緩やかな集まりで、一番若い三島は、このうるさ型の兄貴分たちに、自分の同性愛傾向も曝していてときどきからかわれてもいた。一九五八(昭和三十三)年十月には季刊雑誌「聲」を創刊し、十号まで続いた。

「弱法師」は、家庭裁判所の一室で、空襲で盲目の孤児となった俊徳を育てた両親と本当の両親とが親権を争う話である。驕慢な俊徳は、どちらの両親をも見下して下司《げす》扱いする。親たちが別室に移ったところで、西の窓を夕日が染める。俊徳は調停委員の桜間級子に、あれは夕日ではなく「この世のをはりの景色」だと言って、空襲で目が焼かれたさまをもの狂おしく雄弁に語るのである。圧倒された桜間だったが、でもあれは夕日だと答える。驕慢な俊敏に事の流れを察知して、態度を改め従順になる。終末観を〝理念〟とし、危険な存在となって生きてきた俊徳だが、桜間級子という現実に屈服し矛を納めるという一編である。

こういう戯曲なので、俊徳は狂気を孕んだ青年でなければならず、桜間級子は俊徳の餌食になりかねない若さと艶やかさを保ちながら、それでいて俊徳を静かに屈服させる力を持たなければならない。悪の〝理念〟を絶対化して人間以上の者として生きている俊徳と、彼を人間にまで引き下げる桜間との角逐が読みどころ観どころとなる作品である。一九六五（昭和四十）年に劇団NLTが初演したが、七六年と二〇〇〇年の蜷川幸雄演出の上演が名高い。

『薔薇と海賊』の虚構

三幕の『薔薇と海賊』（「群像」一九五八年五月号、新潮社、同年）は、一九五八（昭和三十三）年に文学座が上演した。有名な童話作家の楓阿里子を「白痴」の松山帝一が訪ねてくる。帝一は三十歳だが性欲はなく、自分を童話のユーカリ少年だと信じている。阿里子は夫も娘もいるが二十年間純潔を保ち、家の中で童話の世界を作っている。一方、夫も夫の弟もこの家に性相手の女を出入りさせ、娘も性への関心を隠さない。

阿里子は帝一に「夢に溺れることはもう毒ですわ。目をさまさなければ……」と諭すが、帝一は「ユーカリ少年が勇敢なのは、夢の中に生きてるからぢやないんですか？」と反論する。当の作者よりも読者の帝一の方が童話の世界を完璧に生きており、帝一の台詞には、虚構作者の倫理観に不意打ちを食わせ、それを立ち上がらせるところがあり面白い。作者にとっては最も怖ろしい最強の読者である。そうして阿里子は俗物たちを家から追い出し、帝一と結婚する。

筋金入りの童話の盲信者である帝一が、幕近くで自己の〝理念〟に不安を覚える場面がある。しかし、逆に帝一によって鍛えられた阿里子が決断し結婚に至る。「弱法師」とは異なり、『薔薇と海賊』は童話を〝理念〟として実現しおおせるのだ。童話の世界から外に出れば、猥雑な日常に絡め取られるのは目に見えている。童話の世界は決意によって成立する世界である。三島にとっては、他人ごとではない話である。死の一月ほど前の村松英子主演の再演を観て、三島は涙を流していたという。

現代では、虚構を虚妄と知りつつ現実よりも重視する人たちが一定数いる以上、一九五八年に書かれたこの戯曲は、むしろ現代的意義を有する作品のように思われる。

『美しい星』の宇宙人

『美しい星』（「新潮」一九六二年一〜十一月号、新潮社、同年）は、大杉家の家族四人が空飛ぶ円盤を目撃して、突然、別々の星からやって来た宇宙人だと覚醒する話である。三島は未確認飛行物体（UFO）に以前から興味を持ち、日本空飛ぶ円盤研究会の会員でもあった。当主の大杉重一郎は、水爆による人類の滅亡を救うために活動を始める。一方、仙台の大学助教授羽黒とその仲間の三人は、人類を滅亡させるために地球に来た宇宙人で、両者は人類の存廃について激しい議論を戦わす。議論の途中で病に倒れた重一郎は、宇宙からの指示に従い生田の丘陵に向かう。するとそこには銀灰色の円盤が見えた、という話である。

宇宙人という〝理念〟に邂逅すると、大杉家の人たちは、それぞれ自分に最もぴったりとした存在感覚を得たように感じ、確信を持つ。確かに自分は、地球以外の惑星から来た宇宙人にちがいない。これは、自己の前意味論的欲動に目覚めてしまった人たちのことを言っているのである。ここには「弱法師」の桜間級子のような天使殺しもいなければ、『薔薇と海賊』の俗物たちのような、思い込みの激しさを冷笑する視点もない。彼らを不審に思う人たちは描かれるが、その〝正体〟を暴く視線が存在しないから、彼らは宇宙人以外の何者でもないと思えるのだ。

ただ、美しい娘の暁子が、同じ故郷の金星人と出会っただけで妊娠するという不思議なことが起こる。暁子は金星人特有の「処女懐胎」だと言い

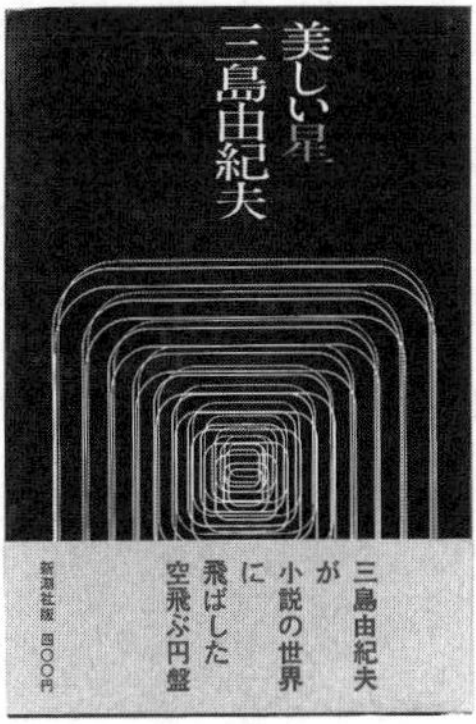

『美しい星』（1962年10月新潮社刊）．県立神奈川近代文学館所蔵

張るが、重一郎が調べてみると、相手は名うての女たらしの人間でしかなかった。しかし話の筋は暁子の正体暴露には向かわず、羽黒一派との宇宙的な大論争に発展する。どのみち水爆の発射ボタンを押すことになる人類の行く末についての高邁な議論が、巨視的な視点を前景化し小説全体を覆うのである。そして重一郎の病気、空飛ぶ円盤の出現という大団円に向かうのだが、小説の結末を引用しよう。

「来てゐるわ！　お父様、来てゐるわ！」

と暁子が突然叫んだ。

円丘の叢林に身を隠し、やや斜めに着陸してゐる銀灰色の円盤が、息づくやうに、緑いろに、又あざやかな橙《だいだい》いろに、かはるがはるその下辺の光りの色を変へてゐるのが眺められた。

宇宙からの信号を受け取って、円盤が出現したかぎり、大杉家の家族が人間ではなく宇宙人だったことは否定できない、と思わせる。ところが、梶尾文武が指摘するように、「「眺められた」というフレーズは、自発とも受身とも可能ともつかぬ文末「られた」によって、円盤が輝くこの光景を眺めたのが誰なのかを不問に付す。この光景は一家の内的な幻想であるとも、外的な事実であるとも確定されないままである」(『否定の文体――三島由紀夫と昭和批評』)ということになる。吉田大八監督の映画「美しい星」(二〇一七年)も、大杉重一郎が円盤に搭乗して地球を後にするというシーンで終わるが、梶尾文武の解釈と同様に、それが「内的な幻想」なのか「外的な事実」なのかを不確定のまま宙吊りにしていた。この理解は説得力を持つ。

奥野健男は「政治や思想にとらわれた文学でなく、文学の中で思想や政治をつくり出して行く。これは政治と文学のコペルニクス的転回である」と述べ(『三島由紀夫伝説』)、戦後文学史における「政治と文学」の問題を乗り越えた小説として評価した。『美しい星』は、文学がイデオロギーに左右されるのではなく、イデオロギー(〝理念〟)そのものを対象化したメタ・イデオロギー文学ということになる。だが、この小説はそれだけのものではない。

磯田光一は、「『美しい星』の含んでいる方法的な新しさは、イデオロギーの絶対化を生きる人間たち(大杉にしても羽黒にしてもそうである)の葛藤を、思想の相対性を前提としながら造型したところにある」と述べる(『殉教の美学』)。『美しい星』では、故意にイデオロギーの信憑性を曖昧にしながら、イデオロギーを血肉化して生きる人間が浮かび上がる。イデオロギー(〝理念〟)を現実にぶつけてその強度を見計ろうとするのではなく、それを生きる人間を描き出したところに、三島由紀夫の存在を懸けた思いが息づいているのである。

『午後の曳航』の告白と断罪

『午後の曳航』(講談社、一九六三年)は、外国航路の貨物船から降りて美しい未亡人の黒田房子と結婚する塚崎竜二を、登少年が仲間と殺害する話である。竜二は、海にロマンを求め英雄たらんと欲したが、そんな機会はどこにもないことを知り、房子と結婚して登の寛大で逞しい父親になろうと努める。彼の着実な人生の選択は〝理念〟の破棄であり、竜二を英雄視する登にはそれが許せない。したがって少年たちの殺害行為は、俗物化した英雄への処刑であるとともに、ロマン主義の〝理念〟の救済という意味を持つことになる。

いかにも三島らしい残酷さの中に批評性を含めた話だが、日沼倫太郎はこの小説の書評で「かりに成功作だとしても、その成功が三島氏にとって栄光なのか悲惨なのかがわからない」と懐疑的な言い方をする。「というのはこの作品は、いままで三島氏がたえて私たちに見せてくれなかった素顔の苦渋のようなもの、精神の晦暗《かいあん》さのようなものを、ある程度かいまみせてくれている作品だからである」と続く(「〝青春の死〟による〝旅立ち〟」)。作品の具体的なことは書いていないが、この批評は何かを鋭く衝いているように思える。それというのも、〝理念〟の救済で終われば、たとえそれが殺人という犯罪によるものだとしても、作者の「素顔の苦渋」や「精神の晦暗」とは無縁だからである。

竜二は海に「光栄」を求め、「俺には何か、特別の運命がそなはつてゐる筈だ」と思っていた。しかし、「どんな種類の光栄がほしいのか、又、どんな種類の光栄が自分にふさはしいのか、彼にはまるでわかつてゐなかつた」。船の中では「附合ひにくい変り者」で通っており、一人船室で「マドロス稼業はやめられぬ」のようなマドロス歌謡のレコードを聞いていた。この歌は、矢野亮作詞、川上英一作曲の三橋美智也が歌った曲である。房子には海の男のロマンチックな心情を語ろうとしながら、竜二は賄い部屋で見た大根や蕪の緑に心動かされた話を語った。要するに竜二のロマン主義には実体がなかったのである。彼にはロマンへの単純な憧れしかなく、船の仕事は「つまらん商売」でしかなかったのである。

登や彼の仲間たちは、皆学校の成績もよくいい家の子どもたちだった。十三歳で「世界はいくつかの単純な記号と決定で出来上つてゐること」、大人たちは「大罪を犯してゐること」などを確信し、冷酷で残虐だった。猫を殺して解剖し、刑法四十一条の「十四歳ニ満タザル者ノ行為ハ之《これ》ヲ罰セズ」の条文も理解していた。一九九七(平成九)年に起こった「酒鬼薔薇聖斗」と名乗る少年の連続児童殺傷事件に、『午後の曳航』を想起した読者は少なくなかった。

しかし、少年たちの認識はあまりに生硬である。そもそも登が想い描く「本物の英雄」としての竜二は、竜二の抱く理想的自己像をなぞったものでしかない。テキストの語りは少年たちの確信に批評を加えていないから相対化しにくいが、彼らは竜二の「英雄」という〝理念〟の空虚を見損ねている。それというのも、少年たちの〝理念〟もまた空虚だからである。

このように見てくると、『午後の曳航』は、少年たちが英雄から堕落した男を殺すことで救済するという表情を見せながら、じつは竜二のロマンチシズムが空虚であり、竜二を見る少年たちの認識にも一面的な瑕疵がある――設えられている――ということに気づくであろう。この小説に、三島のロマン主義を救出する意図を読む読みは、浅いと言わざるをえない。『午後の曳航』は、竜二が海のロマンを放棄したために、少年たちが彼を「英雄」に戻そうと殺害する話を装いながら、海にロマンがあるかのように振る舞ったことで、「英雄」と誤解した少年たちが男を殺害する話である。そうならば、もしかすると『午後の曳航』は、三島自身が抱く「英雄」像に実質が伴っていないことを告白し断罪した小説なのかもしれない。日沼倫太郎が「素顔の苦渋」「精神の晦暗さ」を汲み取ったことに、批評の凄みを感じざるをえない。

「弱法師」『薔薇と海賊』『美しい星』の三作でも、ロマンチシズムへの信頼が揺らいでいるのかもしれない。『美しい星』も『午後の曳航』と同じように、宇宙人というイデオロギー＝〃理念〃の空虚を温存させたまま成り立っている小説である。作者はその空虚に気づいていたはずだ。もしかすると『美しい星』は、その〃理念〃の空虚を描こうとした小説ではないだろうか。強弱はあるが、「弱法師」『薔薇と海賊』『美しい星』『午後の曳航』は〃理念〃の空虚が基盤となっている作品である。この四作品は、三島由紀夫の自己言及的な作品なのである。しかしもし、日沼倫太郎に導かれて推察したように、そのようなロマンチシズムの実質の空虚に行き着いたとしたら、三島由紀夫はそれを放置することはないだろう。ロマンチシズムに耐えられるものに行き着く必要が、生き方として問われている。それを日沼の批評は予見してしまったのである。創作という営為が、命がけのことと隣り合わせにならないと満たされないという地点にまで至るのは、あと二、三年先である。

三　泥臭い生き方

古い日本人

個の特殊性に根ざす〝理念〟を描いた作品とは異なり、伝統や習俗の中に息づいているものを無批判に体現してしまう人を描いた小説がこの時期に書かれる。『宴のあと』と『絹と明察』である。

『宴のあと』の福沢かづは、薩摩揚げ売りから這い上がって、高級料理屋雪後庵の女将にまでなった女傑である。『絹と明察』の駒沢善次郎は、独善的なワンマン経営で急速に業績を伸ばした駒沢紡績の社長である。三島作品ではとんと見かけなかったこの泥臭い二人の人物に、どうやら三島由紀夫は惹きつけられていったようである。なぜなのだろうか。

少年時代は剣道のかけ声が大嫌いだったと三島はあちこちで述べている。それが、『宴のあ

剣道の稽古中の三島．写真提供：朝日新聞社

と』の二年ほど前の一九五八（昭和三十三）年十一月からボクシングに替わって剣道を始め、死の年まで続けることになる。あのかけ声には暗い「日本」があって、なんとも言えず好きになったと言うのだ。スマートな海軍より泥臭い陸軍の方が好きだとも言うようになるが、同じ理屈である。この時代は、小島信夫の「アメリカン・スクール」（一九五四年）のような、あるいは三島が初めてアメリカに渡って日本料理店で啜《すす》った味噌汁のような日本の〝みじめさ〟は薄れていたが、〝日本的なるもの〟は恥ずかしいという気分はまだ人々の中にはあった。だから戦後の日本社会は、古い因習的な〝日本〟を忘れようとしていた。三島は逆にそういう「日本」に進んでのめり込んでいくのである。

もう少し年月は後になるが、雑誌「論争ジャーナル」の若者や楯の会の隊員が三島の家に出入りするようになった頃、「若い者が来たらこっちは褞袍《どてら》かなんか羽織って玄関に出て、「おう来たか、まあ上れ」……そういってほしいのだろうなあ、あいつらは」と村松剛に語ったという（『三島由紀夫の世界』）。「磊落を衒うこういう泥臭さを、三島は何よりも嫌っていたはずではないか」と村松は書いている。ここで思い出すのが、祖父の定太郎である。三島の父平岡梓は「父はまったく大変な豪傑で、酒よし女よし、一世紀ぐらい時代ずれのした男でした」と『伜・三島由紀夫』に書いている。先に紹介した小野繁の自筆文書「平岡家系図解説」にも、「三島の祖父定太郎は常識を超越した一世の豪傑であり」という文句がある。三島は祖父の「豪傑」を模倣しようとし、そこに古い「日本」を呼び込もうとしていたのではないだろうか。この時期の三島作品には、継続はしなかったが、この二作のような闇雲で民衆的な情熱を描く路線もありえたのである。

『宴のあと』の情熱

初老の男女の恋愛と東京都知事選挙を描いた『宴のあと』(「中央公論」一九六〇年一～十月号、新潮社、同年)は、何を書こうとした小説なのだろうか。この小説の内容について、三島は多くを語っていない。

雪後庵を経営する福沢かづは、「火の玉のやうな女」と言われている。彼女は、元外交官で外務大臣も務めた野口雄賢《ゆうけん》に惹かれ、結婚に漕ぎ着ける。そこへ革新政党から東京都知事選への出馬が要請される。選挙への情熱に駆られたかづは、雪後庵を抵当に金を作り、野口には内緒で違反などものともせずに選挙運動に邁進した。一方、学究肌の堅物な野口は妻の行動が許せず、罵倒し打擲する。保守党の大物政治家の遣り口を見知っているかづは、それにもめげずに野口のために献身するが、結果は敗北に終わった。これからは「ぢぢばば」で静かに暮らそうという野口をかづの情熱は裏切って、抵当に入った雪後庵を再開し、二人は別れるという筋である。

この小説は後で述べるようにプライバシー訴訟を引き起こすのだが、そのとき三島についた弁護士の斎藤直一は、三島が「政治と恋愛とのからみあいというような主題につき書いてみたい」と述べていたという(「「宴のあと」訴訟事件を想い三島君を偲ぶ」)。「からみあい」というならば、政治と恋愛が並立するのではなく、政治を恋愛のようにやってのけることで、その逆ではない。かづの野口への恋は、彼女の「情熱」が「爆発」したものだが、それは野口の東京都知事選のときにより一層激しくなる。

「すべてに裏がある筈ではなかったか」と考えるかづは、「裏」に「情熱」を注ぎ込んで、人や社会を動かす女傑である。一方、高潔な理想家肌の野口雄賢はそれを許すことができない。選挙には敗れたものの、結局、保守党を慌てさせ人を動かしたのは、かづの卑俗な「情熱」だった。政治は、野口との恋を成就させそれを破綻させた民衆的な「情熱」が動かしたのだということを、この小説は物語っている。

プライバシー裁判

『宴のあと』は、東京都知事選挙に社会党の推薦で立候補し、自民党推薦の東竜太郎に敗れた元外務大臣有田八郎と、その妻で般若苑を経営する畔上輝井《あぜがみてるい》をモデルにした小説である。三島は、すでに離婚していた有田と畔上の両方に許可を求め、新聞や週刊誌の記事をもとに取材を重ねて小説化した。連載途中で有田が単行本化の中止を申し入れたものの、三島と新潮社は帯に「モデル小説」と印刷して刊行した。発表誌「中央公論」の版元ではなく、新潮社に替えての出版だった。それに対し有田は、一九六一(昭和三十六)年三月十五日に、東京地裁に損害賠償と同書を絶版とし、その旨を記した謝罪広告を請求して訴えを起こしたのである。

『宴のあと』裁判の記者会見での三島
(1964年9月). 写真提供:朝日新聞社

これが世に言う「プライバシー裁判」である。プライバシーをめぐる裁判としては、日本で最初のものであった。当時は「プライバシー」という概念が稀薄であった上に、「プライバシー」ということば自体が聞き慣れないものであったから、新聞雑誌に「プライバシー」の解説がなされ、それが次第にプライバシー保護を巡る善／悪の対立軸を作っていった。三島および新潮社は表現の自由で対抗したが、メディアの論調や投書においては、善／悪の対立軸が新／旧の対立軸をも構成し、文化／非文化、進歩的／後進的という対立構造へと発展し、世論はプライバシー保護に完全に傾いたのである。三島も法廷で「私は日本の社会の現実の条件におけるプライバシーを尊重しております」(富田雅寿編『「プライバシー宴のあと」公判ノート』。以下公判については同書による)と明言したが、焼け石に水だった。

こうして一九六四(昭和三十九)年九月二十八日、東京地裁は損害賠償八十万円の支払いを命じる判決を下し(小説の販売はすでに差し止められていた)、被告は控訴し、有田の死去があって和解が成立した。和解によって『宴のあと』は一字一句修正されることなく、刊行されることになった。

しかし、この裁判の内容をもう少し詳しく見ていくと、奇妙なことに気づかされる。有田八郎のメディアでの発言によれば、接吻や閨房の場面、妻への暴力に不快感を催したことが発端となっているが、三島はそれらの場面を「のぞき見」をしたのではなく「想像力」によって描いたのだと主張している。三島が有田の私生活を暴いたという証拠のない言説が編成されたのだが、結果から言えば、「想像力」で描いた場面でもプライバシーの侵害と認定されたのである。有田の不快感を「プライバシーの侵害」という新しい概念に構成し直した弁護人森長英三郎の法廷戦術の勝利と言えよう。フィクションの場面であっても、特定の人物がモデルである以上、プライバシーになるという言い分は分からなくもないが、これはプライバシー概念の拡大解釈であることは免れない。少なくとも作者の責任範囲は縮小するであろう。

また、モデルにした小説を書きたいとの三島からの申し入れがあり、それに対する有田の側の承諾の有無も問題となった。有田から自著が送られてきたので、三島は「黙認」されたと理解したが、判決ではそれは三島の「誤信」と判断されたのである。

さらに奇妙なことがある。「「宴のあと」創作ノート」を読むと、三島は選挙参謀だった「小森氏」から有田八郎の周辺の出来事をかなり詳しく取材していたのである。つまり三島は、「想像力」で書いたと主張しながら「のぞき見」に類したことをしていたのだ。この「小森氏」は、美濃部亮吉都政のブレーンとなった小森武である。『宴のあと』を読んだ有田八郎は、おそらく身辺の事柄が漏れていることに気がつきながら、それを口にしなかった。

一方有田は、選挙違反をした妻に暴力を振るったことが作品には書かれているが、妻への暴力など「心にもないこと」だと法廷で否定した。しかし、それが嘘なのである。三島が「小森氏」から聞いて記したノートには、「女房が苦々しい。奥さんを呼びつけてはどやす。文字通り擲《なぐ》り合ひ。奥さん泣く」とある。有田がこの訴訟を起こすきっかけとなった不愉快な場面で、しかも「心にもないこと」と断言した妻への暴力は実際にあったようだが、原告被告ともにそれは不問に付したのである。

有田は三島の嘘を見抜き、三島は有田の嘘を見抜きながら、双方ともにそこは衝けず触れなかったのだ。それが創作ノートの出現によって判明したのである。

駒沢善次郎の「不気味なもの」

『絹と明察』(「群像」一九六四年一～十月号、講談社、同年)は「『宴のあと』の男性版とでもいふ小説」だと、三島はドナルド・キーンへの手紙(一九六四年五月二十七日付)に書いている。二作とも三島作品としては一風変わった作品だが、三島はそれをセットにして見ていたのだ。やや大袈裟な言い方をすれば、この二作品は三島の新境地を示す小説だった。この泥臭さは、それゆえにあまり評判を呼ばなかったが(それでも、『宴のあと』はノーベル賞に次ぐ国際的な文学賞であるフォルメントール賞の候補作品になり、『絹と明察』は毎日芸術賞を受賞している)、三島が民衆に接近した小説として、注目すべき作品だと言わなければならない。

『絹と明察』もモデルのある小説である。滋賀県彦根市に本社工場のある近江絹糸とその社長の夏川嘉久次である。近江絹糸は大手紡績十社の後塵を拝する地方企業であったが、父の後を継いだ夏川嘉久次が社長に就任すると、急成長を遂げた会社である。戦後になっても、旧態依然の労務管理と労働基準法や人権を無視した過酷な生産管理を通して、拡大路線を採り社員を酷使した。一九五四(昭和二十九)年に全国繊維産業労働組合同盟の支援の下に、大阪本社をはじめお膝元の彦根工場でも新組合が設立されてストライキに突入し、中央労働委員会の斡旋案を経営側が受け入れるまでの百六日間の闘争となった。

作品は、社員の「父親《てておや》」だと公言する社長の駒沢善次郎が、心から社員のためを思って設けた様々な施策が、度外れた封建制と人権無視の悪徳資本家の遣り口でしかなかったという落差を、具体的に興味深く描いている。この争議のリーダーとなった十九歳の大槻には朝倉克己というモデルがいて、三島は朝倉から詳しく話を聞いている。その朝倉に、夏川社長が従業員を〝我が子〟と思っていたのはやはり嘘なのかと問うたことがある。すると「夏川さんは人が変わったのです。それは過去のことです」と言う。「成功すると、生産力アップしか考えなくなった」というのである。『絹と明察』では夏川嘉久次の過去の温情と現在の専横とを共存させたことで、いかがわしく独善的な人物の厚みが出たと言えよう。

三島は村松剛や奥野健男に、駒沢は「天皇」だと言った(『三島由紀夫の世界』『三島由紀夫伝説』)。『絹と明察』には、政財界に通じ争議を裏側から動かすインテリの岡野や、岡野の馴染み芸者で駒沢紡績の寮母となった菊乃や、正義感と指導力のある工員大槻などが配され、古臭いワンマン経営者の駒沢を軽んじあるいは憎んでいるが、作品の語りは基本的に駒沢を嘲ってはいない。とはいえ、駒沢の胡散臭い個性と「天皇」とが重なるというのは馴染みにくい。駒沢を「天皇」だとするならば、それは近代的知性や若い力に滅ぼされる古い父性、〝日本的なるもの〟の象徴ということになるだろう。

駒沢は死の床で、自分を蔑んだ十大紡績の社長たちや、争議を防げなかった無能な重役や、争議を指導した仇敵を「一瀉千里に恕し、ローラーのやうに均《ひと》しなみに恕した」。それを岡野は知らないが、駒沢の死によって、駒沢の印象はインテリの岡野に妙にまといつくのである。彼が吟じるヘルダーリンの詩「帰郷」に註したハイデッガーの「ヘルダアリンの詩の解明」に感じた「もつとも不気味なもの」を、岡野は感じ取る。三島の言う「天皇」とは、岡野にまといついた「もつとも不気味なもの」をいうのだろう。

三島由紀夫が『宴のあと』や『絹と明察』で描こうとしたのは、自己の感受性や資質から離れて、この国の古く奥深い「もつとも不気味なもの」の感触だったのである。

四 シアトリカルな演劇

三十代の演劇活動

さてここで、三島由紀夫三十代の演劇活動を整理しておこう。

一九五六(昭和三十一)年四月に、それまで書きためた「綾の鼓」「邯鄲《かんたん》」「卒塔婆小町《そとばこまち》」「葵上」「班女」の一幕物を収録した『近代能楽集』を新潮社から刊行する。その後「道成寺」「熊野」「弱法師」が書かれ、新潮文庫『近代能楽集』にはこれらの計八編が収録されている（もう一作「源氏供養」もあるが、廃曲扱いとなった）。リアリズム演劇が中心だった新劇に対し、時空を超越した能のエッセンスを取り入れ近代劇に仕立てたのが『近代能楽集』の試みだった。古典をアダプテーションしたこの戯曲を逸早く評価した一人が、英訳することになるドナルド・キーンで、今や世界中で毎年のように上演されている。

『鹿鳴館』が第一生命ホールで初演されたのも同じ年の十一月二十七日、文学座の創立二十周年記念公演だった。影山伯爵夫人朝子《あさこ》は、洋装もせず夜会にも出ない人だったのに、突然今夜の夜会に出ると言い出す。元は芸者だった朝子は、影山と対立している反政府派の自由党の指導者清原永之輔との間に一子久雄をもうけていた。不幸な生い立ちをした久雄が、夜会を襲撃する父清原を暗殺するという情報を聞き込んだためである。その計略は、夫の影山伯爵が立てたものだった。朝子は、愛する父子を救おうとする。朝子に杉村春子、影山は中村伸郎、清原は北村和夫が演じ、演出は松浦竹夫。男女と母子の愛情に策

『鹿鳴館』(1957 年 3 月東京創元社刊)．県立神奈川近代文学館所蔵

略が交錯するこの芝居は、上質な楽しめる芝居だった。たいへんな好評で、約三年をかけて全国を巡回公演することになる。

歌舞伎台本では「芙蓉露大内実記」がある。ラシーヌの「フェードル」を翻案したもので、継子を愛した芙蓉が夫の大内義隆戦死の報に接し、継子に愛を告白したところに義隆が帰城してくるという悲劇である。一九五五年、歌舞伎座で歌右衛門、延二郎、猿之助が演じた。その三年後には「むすめごのみ帯取池《おびとりのいけ》」があり、四十代になるが大作『椿説弓張月《ちんせつゆみはりづき》』(一九六九年、国立劇場初演)がある。「三島歌舞伎」と言われる歌舞伎作品は、ほかに「地獄変」(一九五三年)、「鰯売恋曳網」(一九五四年)、「熊野」(一九五五年)があり、全部で六本である。

福田恆存が文学座の中堅俳優を引き連れて劇団雲を創設したのは、一九六三(昭和三十八)年のことだった。一月十四日の「毎日新聞」には、「文学座が分裂/芥川比呂志、岸田今日子ら退団/きょう発表　劇団『雲』結成へ」というスクープ記事が出た。分裂の原因は、杉村春子や中村伸郎ら幹部俳優と中堅若手俳優との「時代感覚のズレ」だとある。この危機に「いちばんハッスル」して対応したのは三島だったと北見治一は書いている(『回想の文学座』)。再建の決意を示す声明文を進んで起草した。ここには三島の演劇観が反映しているが、それは、その年に上演されたヴィクトリアン・サルドゥの「トスカ」に表れる。「トスカ」についてはのちに触れる。

　ところが、それから半年もしないうちに、今度は三島由紀夫が揉めごとの火種となった。正月公演用に三島が書いた『喜びの琴』(「文藝」一九六四年二月号、『喜びの琴　附・美濃子』新潮社、同年)をめぐって、上演に問題があるという声が出て、すったもんだの末に上演中止となったのである。『喜びの琴』は都内警察署の公安内部を舞台とした戯曲で、反共思想を固く信じる若い巡査が、彼にその思想を吹き込んだ上司に利用されて裏切られるという話である。上司は左翼政党の党員でスパイだった。篤い信頼を寄せていた上司から裏切られた巡査は、人も思想も信じられなくなる。

　この戯曲は、特定の政治思想のプロパガンダでもなく批判非難の攻撃でもなく、思想とは「相対的」なものだという考えが軸になっている。にもかかわらず、警察官の反共的台詞に嫌悪感を抱いた俳優が感情的に反発し、上演中止にまで至った。観客動員に力のあった労演が、この公演には協力しないだろうという見通しもあった。上演中止に憤慨し文学座を脱退した三島、矢代静一、松浦竹夫に続き、南美江、村松英子、賀原夏子、丹阿弥谷津子、中村伸郎ら十七名が辞めた。三島はその後劇団NLTを作り、傑作『サド侯爵夫人』を提供することになるのだが、これは四十歳になってからのことである。

「トスカ」と『鹿鳴館』

『喜びの琴』の上演をめぐって開かれた文学座の総会で、俳優の北村和夫は「僕の役の反共的なセリフは、僕にはしゃべれません。役者としてこの役は、どうしても、やれません!」と言い、涙を堪えきれずに退出したと、北見治一は書いている。俳優と役とは違うことは誰でも知っているが、役に入り込む俳優はそういう感覚ではいられないのであろう。三島が差し向けた台詞は、多くの知識人や芸術家に支持された共産主義への嫌悪と否定の台詞であり、それを踏み絵として置き、文学座は踏まなかったということだ。

しかしこの踏み絵の政治的イデオロギーは、全くの虚構であった。そもそも「反共的なセリフ」を言う俳優の演ずる公安刑事は、本当は左翼政党の党員である。それにしても、底意地の悪い戯曲ではある。おそらく三島は踏むことを期待し、踏まないことを予感していたと思う。だがそれだけでなく、『喜びの琴』には三島由紀夫の演劇観が充当されていたように思われるのだ。それが「シアトリカル(劇場的)」な演劇である。

三島由紀夫が「シアトリカル」ということを言い出すのは、福田恆存との分裂騒動後の「トスカ」の公演からである。サルドゥの原作を安堂信也が翻訳し、三島がそれを上演用に潤色した戯曲である。演劇史上さほど重要な作家作品とは言えないが、人物間の対立と筋の展開は緊張感があって楽しめる。

西暦一八〇〇年のローマが舞台で、警視総監のスカルピアが歌姫フロリア・トスカを利用して、革命シンパのマリオ・カヴァラドッシイを追い詰めるという話である。三島は「トスカ」上演の意図を、「新劇特有の事大主義をぶつこはしたいからである」と言い、「西洋にだつて日本の「お芝居」に当るものがちやんとあつて、かういふものに反抗して、写実劇や心理劇が出て来たといふ筋道をはつきりさせたいからである」と述べている（「「トスカ」上演について」「労演」一九六三年六月）。ここから「シアトリカル」な演劇というものがいくらかイメージできる。新劇の文学性や芸術性よりも、お芝居らしさを残した演劇とでも言おうか。

シアトリカルな演劇という概念は、三島由紀夫の深いところに根を張っていたようなのである。それは次章で述べるとして、ここでは演劇の話題に限定しよう。北見治一は、シアトリカルな演劇は「『鹿鳴館』にもそっくりあてはまるだろう」と書いているが、たぶんこれは当たっている。三島自身が、『鹿鳴館』は「とにかく「お芝居」を書かうとしたものだ」と述べているからである（「「鹿鳴館」について」「文学座プログラム」一九五六年十一月）。

ところで、話はやや横道に逸れるが、『鹿鳴館』は「トスカ」を下敷きにした戯曲ではないかと思われる。三島は、岩田豊雄から「この芝居は十九世紀ロマン劇（サルドゥやスクリーブ）の骨法を現代に活かしたものだ」という手紙をもらったが、「当の作者自身が、サルドウもスクリーブも知らないのだから、話になつたものではない」と嘯《うそぶ》いている（「あとがき（「鹿鳴館」）」）。

図星を指されて、三島には珍しくしらを切ったのではなかろうか。それというのも、『鹿鳴館』と「トスカ」にはいくつかの共通点があるからである。

その共通点とは、情の深い女主人公と狡知に長けた男との対決のドラマだという点である。一八〇〇年のローマは、フランス革命の余波とナポレオンの侵攻とを恐れており、貴族たちは、革命分子や無神論者を投獄し処刑しようとしていた。トスカの愛したカヴァラドッシイも追われる身になる。権謀術数の策略家は、警視総監のスカルピアであり、『鹿鳴館』では朝子の夫の影山伯爵である。策略を用いてカヴァラドッシイの隠れ家を突きとめたスカルピアと、同じく策略を巡らして政敵の清原永之輔を鹿鳴館におびき寄せる影山伯爵とが重なる。スカルピアも影山も、女の愛する男への愛情を利用しながら、その女を自分のものにしようとする男である(朝子は影山の妻だが、心は離れている)。

最後は両作とも銃弾による悲劇となるのだが、この銃弾が〝誤配〟されるところも共通している。スカルピアはトスカを手に入れる代償として、空砲による贋の銃殺刑でカヴァラドッシイを生かして逃がすと約束しながら、弾を充塡した銃で殺す。影山は、政敵清原の息子久雄を唆し、父を暗殺させようとするが、久雄は故意に父に撃たれて死ぬ。悲嘆にくれた清原も銃で暗殺される。こうしてトスカも朝子も、愛する人を銃で失うのである。これらの共通点からすれば、岩田豊雄の洞察はさすがだったと言わねばならない。

シアトリカルな演技術

話を戻そう。シアトリカルな演劇は、「お芝居」らしい「お芝居」と平易に言うことができるが、三島はそれを俳優の演技にも求めた。

役の人物があらはれる一瞬前に、役者が登場しなければならぬ。役の人物が退場した一瞬あとに、役者が退場しなければならぬ。それがかうしたシアトリカルな芝居の味はひであると私は信じてゐる。（「芸術断想」「芸術生活」一九六三年八月号〜六四年五月号）

三島の脳裏にあったのは間違いなく歌舞伎である。「私は花やかな歌姫トスカに扮した杉村春子が、まず舞台へ辷《すべ》り出して、その一瞬あとに、役の要求する表情を作ればいいではないかと主張し、杉村さんはそれを容れた」とも述べているが、俳優と演技を一緒に楽しむ歌舞伎からの発想であるにちがいない。これがスタニスラフスキー・システムを基盤とする新劇の写実的俳優術と大きく異なるのは言うまでもない。

ここには、スタニスラフスキー・システムの「俳優は役を生きる」のとは異なる、俳優と役とは別ものという考えがある。『喜びの琴』における、この台詞は俳優としてどうしても言えないという俳優の一元的な思考を、三島は楽に飛び越えていたのである。というより三島は、「シアトリカル」な演劇という思考を、戯曲の中の政治的イデオロギーに仮託して提出し、俳優と役とを一旦分離するのを求め、文学座のみならず新劇全体を揺さぶろうとしたのではないかとさえ思えるのだ。役を生きるものだと思い込んでいる俳優に、俳優と役をバラしてずらすことを浸透させるために、新劇にとって最も苦い劇薬である政治的イデオロギーを使ったのである。三島由紀夫はすぐれた戯曲を書いたことで、戦後の演劇界に特筆すべき足跡を遺したが、演劇界を変えるムーブメントを起こしたとは言えない。そういう意思を持っていたとも思えない。しかし、「シアトリカル」な演技を提案することで、新劇の変化を求めたことは窺える。残念なことに、それは劇団の分裂騒ぎという即物的な変化に変容してしまったのではあるが。

第五章　文武両道の切っ先——四十代の始末

三島由紀夫が自決したのは一九七〇(昭和四十五)年十一月二十五日で、四十五歳のときだった。したがって三島の四十代は五年十カ月しかない。それでも一九六五(昭和四十)年からのこの約六年間は、重大な決断と大きな仕事と煩瑣な雑務とでぎっしりと埋まっていた。その主なところを概観しておこう。

一九六五年の正月に、「憂国」を映画にしたいと、演劇評論家の堂本正樹と大映のプロデューサーの藤井浩明に打ち明けた。三島は原作、脚色、監督、主演を兼ねた。パリのシネマテックでの試写も好評で、ツール国際短編映画祭では惜しくも次点となった。翌年四月に封切られると、アートシアター系映画としては記録的なヒットとなる。

劇作では傑作を得た。六五年夏に『サド侯爵夫人』(「文藝」一九六五年十一月号、河出書房新社、同年)を書き、秋に劇団NLTが公演。この戯曲は芸術祭賞を受賞し、戦後演劇を代表する戯曲となる。『朱雀家の滅亡』(「文藝」一九六七年十月号、河出書房新社、同年)もNLTのために書いた。六八(昭和四十三)年にはNLTを脱退、中村伸郎、松浦竹夫らと劇団浪曼劇場を創設し、『わが友ヒットラー』(「文學界」一九六八年十二月号、新潮社、同年)と『癩王のテラス』(「海」一九六九年七月号、中央公論社、同年）を書いた。三幕八場の長大な歌舞伎『椿説弓張月』（「海」一九六九年十一月号、中央公論社、同年）は、最後の歌舞伎台本となる。

『豊饒の海』は、第一巻『春の雪』が「新潮」の一九六五年九月号から連載を開始し、『奔馬』『暁の寺』へと、休むことなく一気に七〇年四月号まで続ける。『暁の寺』擱筆後にはそれまで温めていた『天人五衰』のプランを破棄し、新たに作り直し、清水市（現・静岡市）で東洋信号通信社清水港事務所を見つけて急遽具体化した。死の日まで残り七カ月になっていた。

この間、短編集に『三熊野詣』（新潮社、一九六五年）、『英霊の声』（河出書房新社、一九六六年）、『荒野より』（中央公論社、一九六七年）があり、評論に『目　ある芸術断想』（集英社、一九六五年）、『葉隠入門』（光文社、一九六七年）、『太陽と鉄』（講談社、一九六八年）、『文化防衛論』（新潮社、一九六九年）、『作家論』（中央公論社、一九七〇年）があり、翻訳にダンヌンツィオの『聖セバスチァンの殉教』（池田弘太郎との共訳、美術出版社、一九六六年）がある。

この時期、三島は楯の会の活動資金を稼ぐために、エンターテインメントや軽いエッセイをたくさん書いている。楯の会は会員が百人に満たないとはいえ、余所からの援助を受けず三島のポケットマネーで活動していたから、負担はかなりの額に上っていた。『音楽』（中央公論社、一九六五年）、『反貞女大学』（新潮社、一九六六年）、『複雑な彼』（集英社、一九六六年）、『夜会服』（集英社、一九六七年）、『三島由紀夫レター教室』（新潮社、一九六八年）、『命売ります』（集英社、一九六八年)、『若きサムラヒのための精神講話』(日本教文社、一九六九年)、『行動学入門』(文藝春秋、一九七〇年)などである。今世紀に入って『命売ります』の文庫本が急に売り上げを伸ばし、テレビドラマ化や舞台化されたりしたが、三島のエンターテインメントには根強いファンがいて、『音楽』や『複雑な彼』は早くに映画化されていた。

一九六二(昭和三十七)年にノーベル文学賞の選考委員であるハリー・マーチンソンが来日し、日本人三人が候補に挙がっていると発言したことで、にわかに日本文学からの受賞が現実味を帯びた。川端康成が三島にノーベル賞の推薦文を依頼したのは一九六一年で、この時点ではまだ雲をつかむような感覚しかなかったはずである。六三年には候補者の報道はなかったが、二〇一三年にノーベル財団が公表した審査過程によると、三島が候補六人のうちに入っていた。その後六五年と六七年に、三島が有力候補に入っているとの報道があった。ノーベル財団によれば、六七年には有力候補七人の中に川端康成と三島が入り、最終候補には川端が残り、三島は選ばれなかった。そして一九六八年に、川端康成の受賞が決まったのである。三島は、これで十年は日本文学の受賞はなく、次は大江健三郎だと洩らした。すでに『太陽と鉄』に「われわれは等しく栄光と死を望んでゐた」と書いていたから、「次」への望みはなかった。

自衛隊体験入隊は、最初は一人だけの入隊だった。一九六七(昭和四十二)年四月半ばから五月下旬まで、約一カ月半家を留守にした。帰宅後、「サンデー毎日」の徳岡孝夫のインタビューで、「体験入隊の動機は？」と聞かれた三島は、「これは、まつたくご推察にまかせます。どうとられようとかまひません」と答えている（「三島帰郷兵に26の質問」）。インタビューは一九六七年五月二十八日になされたが、この頃にはすでに民族派の雑誌「論争ジャーナル」の万代潔や中辻和彦、日本学生同盟の持丸博らと親交を結んでいた。入隊の動機について後知恵で言うならば、三島は自衛隊員の憲法改正運動を考えていたと思われる。三島事件後、自衛官だった人がそのことを書くようになった。三島は、見込みのあるとみた自衛隊員に改憲のためのクーデターを教唆していたのだ。もっとも三島の誘いに乗る人はいなかった。職業倫理としても組織管理としてもありえない話だった。

インタビューでは「私が望んでゐるのは、国軍を国軍たる正しい地位に置くことだけです」と明言しながら、憲法九条の改正は「膨大な政治的、社会的なエネルギーの損失」になるので「いまの段階では憲法改正は必要ではないといふ考へに傾いてゐます」と語った。この矛盾を繋ぐのがクーデターである。それはあまりに奇矯な計画で、最初の体験入隊くらいで進展するようなものではない。

一方で三島は、民兵組織を考えていた。民間人による国土防衛を法的に整備しようという考えだ。だが、防衛意識より厭戦感情の強いこの国では、国民も政治家も動くとは思えない。まずは「祖国防衛隊」を作り、自衛隊調査学校の山本舜勝《きよかつ》の指導を継続して受けた。山本は、はじめから三島は私設の軍隊を作ろうとしていたのではないかと察するようになる。祖国防衛隊を改め「楯の会」が正式に発足したのは、一九六八(昭和四十三)年十月である。

学生を引率しての自衛隊への体験入隊は、都合五回を数える。そこに一週間程度のリフレッシャーコースも加わり、楯の会隊員の中からリーダー格の若者が育ってきた。長期的な変革を求めていた万代潔、中辻和彦、持丸博ら古参が去り、急進的で明朗な性格の森田必勝《まさかつ》が頭角を現し、持丸に代わって学生長になった。最後は三島が森田を道連れにしたのではなく、森田が三島を叱咤して行動を促したと見る人は少なくない。

一九六八年、六九年は学生運動が盛んだった年である。民族派の学生で楯の会を組織した三島は、反代々木系の左翼学生の動向に注意を向けていた。沖縄デーや両年の一〇・二一国際反戦デーのデモ、そして東大安田講堂の攻防戦を視察し、東大全共闘との討論会に出席した。

三島は全共闘学生と敵対しようとしていたが、『討論　三島由紀夫vs.東大全共闘』(新潮社、一九六九年)を読むと、むしろ両者の心情的接点が浮かび上がるほどだった。この討論会は、ドキュメンタリー映画「三島由紀夫vs東大全共闘　50年目の真実」(豊島圭介監督、二〇二〇年)となる。このとき三島はすでに死を覚悟しており、一九六九年の国際反戦デーでの市街戦を目標にしていた。しかし夏頃には、警察力の方がデモ隊より優勢だとの見通しがつき、三島の目論見は潰えた。山本舜勝は何事かを企む三島から離れ、接触した自衛官の協力も得られないと分かった。この時点で、少人数での行動に計画の転換が図られることになる。楯の会の小賀正義、小川正洋が、三島と森田の行動に加わることを承諾した。とはいえ、互いに命を投げ出す覚悟は示したが、具体的な計画はこれから練ることになる。一九七〇(昭和四十五)年の四月初旬のことである。八月になって、古賀浩靖が加わることになった。直接的で実際的な効果を期す行動ではなく、象徴的で問題提起的な行動が検討されるようになる。これが一九六五年から七〇年にかけての三島の政治活動のあらましである。

一　聖なる人間

聖なる肉体

映画「憂国」で武山信二中尉を演じた三島由紀夫は、はじめ「牧健児」という名前を使おうと考えていた。終始、軍帽を目深に被って顔を出さない予定だったようである。台詞は一切なく、音はワーグナーの「トリスタンとイゾルデ」が流れるだけである。「三島由紀夫」という個別性を消し、一軍人あるいは男性一般に成りおおせると考えたのだろう。切腹のシーンでは、結局、苦痛に歪む顔が大映しになるので変名の意味はなくなり、取りやめにした。この変名案は、シアトリカルな演劇の変形だと思われる。俳優と役を一致させるのではなく、両者をずらすのがシアトリカルな演劇の演技術だった。映画「憂国」で考えられたのは、俳優を無名の存在にすることで、役だけを打ち出そうということである。しかし三島の身体性を消すのは無理だとスタッフから説得された。変名の主が三島由紀夫であると観客に露見すれば、逆に役よりも俳優の方が際立ってしまう。それでは逆効果である。

変名を考えた三島の意図は明らかではないが、このように考えられる。しかし、映画を観ると、武山信二役の三島は、三島でありながらできるだけ三島由紀夫から遠ざかろうとしているように思える。変名といった小細工は捨てたが、役を前面に打ち出して俳優の個別性を消去しようとしているようである。切腹シーンでの甚大な苦痛は、それが三島由紀夫の苦痛でもなく武山信二の苦痛でもなく、人間の肉体的苦痛そのもののように見えてくる。目が虚ろになり涎が垂れ、嘔吐するような突き上げがあって、腹から腸が膝元に溢れ出る。肉屋から仕入れた豚の臓物である。夥しい血はすでに流れ出ている。飛び散るだけでなく、床を流れるのである。モノクロ映画なので、真っ黒な血である。彼はもはや、喘ぎ意識を失いつつある一個の肉体でしかない。言うまでもなく、三島の前意味論的欲動の全的な解放である。

この映像に意味や抒情が感じられたら、映画としては不成功となるだろう。即物的な苦痛がそのまま伝わらなければならない。だが多くの観客は、死ぬほど苦しんでいる人間の(!)、苦痛そのものは観るに堪えないと感じる。おそらく監督の三島もそれは理解していただろう。血や汗や脂にまみれた目を覆いたくなる即物性に対し、早く命が尽き死体となって人間の領域を脱すればよいと感じる。観客に、救われたいと思わせるこの映画は、避けようのない苦痛を覆うために聖なる意味を呼び込ませる。この映画は、観客にそういう聖性を招来するように仕向けて作られている。最後の清められた白砂に、武山中尉と麗子が血のついていない姿で折り重なって横たわっているシーンに、肉体が聖なるものによって清められ救われたのを感じることになる。こうして映画「憂国」の肉体は、聖なる肉体になるのである。

『サド侯爵夫人』(1965年11月河出書房新社刊). 県立神奈川近代文学館所蔵

『サド侯爵夫人』

サド侯爵夫人ルネは、娼婦虐待事件で投獄された夫アルフォンス(サド侯爵)にあくまでも「貞淑」を尽くし、脱獄にも荷担し、悪徳の快楽に身を任すことさえする。しかし、世間体を重んじるルネの母モントルイユ伯爵夫人は、家名と娘を守るために国王に請願してアルフォンスを投獄せしめていた。第二幕での、アルフォンスをめぐる母と娘の互いの肺腑を衝く壮絶な対話は、この劇の見どころの一つである。

三島由紀夫は、澁澤龍彥の『サド侯爵の生涯』(桃源社、一九六四年)に触発されてこの戯曲を書いた。サド侯爵夫人は獄中の夫に終始尽くしながら、サドが釈放されると別れてしまうが、「その謎の論理的解明を試みた」というのである(「跋(「サド侯爵夫人」)」)。フランス革命が起こって、貴族はいつ暴徒に襲われるかという危機の迫っていた一七九〇年四月の時期である。アルフォンスは、勅命逮捕状が無効になったために自由の身となり、ルネを訪ねて来る。牢獄にいたアルフォンスは、いまや民衆から身を守る楯にもなりうる人だ。しかし、修道院に入る決意を固めたルネは、アルフォンスに会おうともしないで幕となる。

菅孝行は、「三島は、ルネを三島本人に、「共犯者」アルフォンスを理想の天皇に、「裏切者」アルフォンスを敗戦後の天皇の実像に、モントルイユ伯爵夫人を、いつの世にも己の権益と名誉を守ることを正義と装う上流階級の俗物群に重ねた」と見る(『三島由紀夫と天皇』)。柴田勝二『三島由紀夫　作品に隠された自決への道』を踏まえたこの見立ては、後述する三島由紀夫の天皇観と重なり、しっくり来る。『近代能楽集』の諸編も、菅孝行によれば三島の天皇観を表現した一種の寓話だということになる。その見立ての一致に面白さはあるが、事は逆ではないかと考えられるのである。三島の思考形態が『近代能楽集』を生み、『サド侯爵夫人』を生み、天皇観を作りあげたのだと。だから面白いように作品と天皇像とが合致するのである。

『サド侯爵夫人』に見られる三島の思考形態は、超越的存在と超越性を志向する人と世俗の人という図式である。超越的存在はアルフォンスで、超越性を志向する人はルネである。アルフォンスは最後に世俗に墜ちる。他の登場人物たち――性的に奔放で貴族界の反逆者であるサンフォン伯爵夫人も、敬虔なキリスト信者であるシミアーヌ男爵夫人も、無邪気な妹アンヌも、民衆の一人である家政婦のシャルロットも、そしてむろんモントルイユ夫人も世俗の人たちとしてここに収まる。生身の人間が超越的存在になりうるか否かは、三島の中の〝理念〟と〝生活〟との葛藤の問題として、特にこの時期に作品化され表現されていた。菅孝行の見立ては、三島の思考の原型の適合としてである。しかし『サド侯爵夫人』の特質は、アルフォンスがどのようにして超越的聖性を獲得したかであり、ルネがそれをどのように見るかにある。

アルフォンスは、スキャンダラスな「悪徳の怪物」として義母のモントルイユ夫人から忌避されるが、「貞淑の怪物」たらんと欲した妻のルネからは、「天国への裏階段をつけた」人間だと見なされる。アルフォンスは彼の前意味論的欲動を徹底して生きることで、超越的聖性に至った人だとルネには考えられているのである。

ルネが修道院入りを決意したのは、アルフォンスが獄中で書いた小説「ジュスティーヌ」を読んだからである。美徳を生きるジュスティーヌにばかり悲劇は襲い、彼女は非業の死を遂げる。「ジュスティーヌは私です」と直感したルネは、獄中のアルフォンスが「人のこの世をそつくり鉄格子のなかへ閉ぢ込めてしまつた」のを感じる。世界は逆転し、「私たちが住んでゐるこの世界は、サド侯爵が創つた世界」なのだということになる。この反キリスト教的な世界観を、ルネは「修道院の中でとつくりと神に伺つてみること」にするという。したがって、自由の身になり〝人間〟になったアルフォンスに彼女は会う必要を認めない。

ここには、悪徳を突き詰めることで神ならぬ神、「別の方角からさして来る光り」の光源、もう一つの創造主としてのサド侯爵が立ち上がっている。そしてその堕落が告げられるのと行き違いに、ルネが修道院で、アルフォンスの超越性に額《ぬか》ずくのである。三島由紀夫は、性的にスキャンダラスな男をめぐる六人の女性たちの会話を通して、人間性の極北にある聖性を描き出した。

戯曲の聖性

日常生活にまみれて生き、しかし生活のためでもなく生活の中にもない生きる指針を見つけるという人間を、この時期の三島は主に戯曲で描いている。生活の向こうに出てしまい、一種の聖性を帯びた人間になるという主題は、『朱雀家の滅亡』『わが友ヒットラー』にもある。

侍従長の朱雀経隆侯爵が彼らしからぬ辣腕を振るい、戦争強行派の田淵首相を失脚させた直後に辞職を願い出たのは、お上の目が「何もするな。何もせずにをれ」と言っているように見えたからである。経隆はそれからは何もせず、一子経広が海軍少尉として最も危険な島に赴任することになっても、工作をせずに死なせてしまう。表向きは侍女で経広の実母でもあるおれいは、経隆を恨みながら直撃弾で死に、実質的な許嫁《いいなずけ》でありながら経広との結婚を認められなかった瑠津子は、終戦後生き延びた経隆に向かって、「滅びなさい。滅びなさい！　今すぐこの場で滅びておしまひなさい」と糾弾する。幕切れに経隆は答える。「どうして私が滅びることができる。夙《と》うのむかしに滅んでゐる私が」と。

内地勤務に振り替える工作を唾棄し、従容として危険な島に赴く経広、結婚することで、朱雀家の言い伝え通り花嫁が犠牲になり花婿を生かすことになるのを望んだ瑠津子、「何もするな」という天皇の無言に忠誠を誓い、息子もおれいも家も失って、焼け跡で無為に暮らす経隆。この三人は俗性を超脱した人間として、この劇空間を支えている。とりわけ朱雀経隆は、何もしないことで人間として「滅び」、天皇への「狂気としての孤忠」(「『朱雀家の滅亡』について」「文藝」一九六七年十月号)を研ぎ澄ませてきた。ここに表れている天皇は人間ならぬ神的な存在であり、朱雀家の滅亡とは、人間としての「滅び」のことである。「経広よ。かへつて来るがいい。現身《うつそみ》はあらはさずとも、せめてみ霊《たま》の耳をすまして、お前の父親の目に伝はる、おん涙の余瀝《よれき》の忍《しの》び音《ね》をきくがよい」(傍点引用者)と呼びかける経隆は、「おん涙」を通して天皇と一体化することで、神聖な存在に変様しているのである。

『わが友ヒットラー』は『朱雀家の滅亡』に比べれば、政治というずっと卑近な意味を持っている。「さうです、政治は中道を行かなければなりません」というのがヒットラーの幕切れの台詞だが、独裁者となるためにはまずは民衆の支持を得ておく必要がある。そのマキャベリズムに巻き込まれる人物が、ヒットラーを「わが友」と呼ぶエルンスト・レームである。三百万人の非正規軍を率いる突撃隊の隊長であるレームは、いまやヒットラーが政権を掌握するための最も厄介な邪魔者になっていることを知ろうともしないし、処刑される運命にも気づかない。「人間の信頼だよ。友愛、同志愛、戦友愛、それらもろもろの気高い男らしい神々の特質だ」。それが自分とヒットラーとを結びつけている絆だと信じている。

レームと突撃隊は、明らかに三島と楯の会を表している。楯の会など政治の権謀術数から見れば、子ども騙しの集団でしかないことを作者は知っている。しかし同時に三島は、レームの単純な盲信が「神々の特質」であることも知り、この戯曲であっさりと粛正される「三度の飯よりも兵隊ごつこが好き」なレームを、戯画化した上で憧れているのである。このような複眼のどこに作者の力点が置かれているかを見なければならない。

カンボジアのジャヤ・ヴァルマン七世王のハンセン病を描いた『癩王のテラス』も、肉体の聖性を描いたものだが、具体的な説明は省略する。この劇の最後では、王の精神と肉体の対話があり、精神ではなく限りある肉体の永生が視覚的に出現する。死を考えていた三島が、超自然的な肉体の永生という非合理への希求を表現したものと考えられる。

『サド侯爵夫人』にせよ『朱雀家の滅亡』にせよ『わが友ヒットラー』にせよ、あるいは『癩王のテラス』にせよ、三島は戯曲という形式を使って、人間性の超越的な側面を描き出した。俳優という実際の人間にそれを託すことで現実味を加え、劇場空間での表現によって超越性のえぐみを和らげたのである。これらの戯曲は、輪廻転生を話の主軸とする『豊饒の海』の執筆時期と重なっている。『豊饒の海』は第三巻、第四巻に進むと、次第に着実に生を歩む副主人公の本多繁邦が中心人物となり、輝かしい生を燃焼して若い生命を終える主人公からは遠ざかる。それに対しむしろ戯曲で人間の超越性が描かれたのである。第四巻の「十八歳の少年現はれ、宛然《さながら》、天使の如く、永遠の青春に輝けり」という構想を破棄したことに表れているように、小説を現実に近づけ、戯曲に非合理な夢を託したと思えるのである。

二　「英霊の声」の天皇

ラストの数行

「英霊の声」は、「文藝」一九六六年六月号に発表された短編小説である。帰神《かむがかり》の会に出席した「私」が、そこで見聞した霊の怒りを「能《あた》ふかぎり忠実に」「記録」したという体裁の作品だ。二・二六事件の将校たちの霊が、続いて神風特別攻撃隊の飛行兵たちの霊が降り、天皇への呪詛を唱える。二・二六事件の将校たちは天皇の「おん憎しみ」に対し、特攻隊の兵士たちは戦後の人間宣言に対し、「などてすめろぎは人間《ひと》となりたまひし」との畳句を唱和する。神であるべき天皇が人間の振る舞いをしたことへの恨みである。

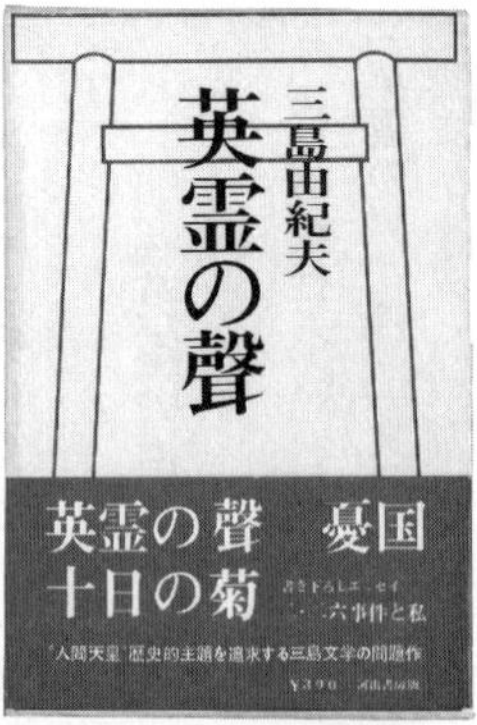

『英霊の声』(1966年6月河出書房新社刊)．県立神奈川文学館所蔵

小説の最後では、あまりに強い霊魂の怨嗟のために、疲労困憊した霊媒の川崎君が死んでしまう。「死んでゐたことだけが、私どもをおどろかせたのではない。その死顔が、川崎君の顔ではない、何者とも知れぬと云はうか、何者かのあいまいな顔に変容してゐるのを見て、慄然としたのである」。これを読んで、「三島さんが命を賭けた」と感じた瀬戸内晴美(寂聴)が手紙を書いたところ、「ラストの数行に、鍵が隠されてあるのですが、御炯眼に見破られたやうです」という返事が届いた(「奇妙な友情」)。変容した顔が昭和の天皇の顔であることは紛れもない。この書簡は『決定版 三島由紀夫全集』の補巻に収録されているので確認できるが、日付は五月九日で文面には「この作品についての最初の反響」とある。文芸誌の発売が七日頃だから、短時日の間に遣り取りされたことが分かる。

英霊たちは天皇に篤い忠義を捧げていた。だから川崎君の死は、直接天皇へ怒りが向かわず「天皇の身代わり」としての死だと島内景二は言う(『三島由紀夫――豊饒の海へ注ぐ』)。殺意の間接性があるにしても、殺意ある怨念が書かれたことは明白だ。三島は、古林尚との対談「三島由紀夫　最後の言葉」で「ぼくは、むしろ天皇個人にたいして反感を持っているんです。ぼくは戦後における天皇人間化という行為を、ぜんぶ否定しているんです」と語った。あるいは磯田光一は「本当は宮中で天皇を殺したい、と言った、腹を切る前に」という三島の発言を紹介している(島田雅彦との対談「模造文化の時代」)。死の「一ヵ月前」のことだという。「腹を切る」ことを「一ヵ月前」に明かしたのかという疑問も生じるが、哄笑まじりに本心を語るということを三島はする。

二・二六事件の中心人物で刑死した磯部浅一《あさいち》は「獄中日記」に「今の私は怒髪天をつくの怒にもえています、私は今は、陛下を御叱り申上げるところに迄、精神が高まりました、だから毎日朝から晩迄、陛下を御叱り申して居ります／天皇陛下　何と云う御失政でありますか、何と云うザマです、皇祖皇宗に御あやまりなされませ」と記したが、三島の心情が磯部に接近していたことは疑いえない。なお、「英霊の声」執筆の時点では、三島はまだこの「獄中日記」は見ていない。

「英霊の声」は、三島の天皇観が突出して出ている作品であり、日本文学の歴史において、天皇への怒りを表現した作品としてきわめて特異なものである。文学的な多義性や豊潤さを生む小説ではなく、メッセージ性の強い、タブーを破壊し、書いた人間がまず震撼するタイプの小説で、これもまたすぐれた文学の特質である。

天皇観

戦時中「現人神」と言われた天皇は、一九四六(昭和二十一)年にいわゆる「人間宣言」を発して「人間」となった。この単純な神から人間への変化という通念に、三島は与しなかった。「英霊の声」では「陛下は人間であらせられた」「それはよい」と霊たちは言い、次のように続ける。

だが、昭和の歴史においてただ二度だけ、陛下は神であらせられるべきだつた。何と云はうか、人間としての義務《つとめ》において、神であらせられるべきだつた。この二度だけは、陛下は人間であらせられるその深度のきはみにおいて、正に、神であらせられるべきだつた。それを二度とも陛下は逸したまうた。もつとも神であらせられるべき時に、人間にましましたのだ。

二・二六事件の際の天皇の人間的な怒り、特攻隊の死から遠くない年の「人間宣言」、それは許せないというのだが、天皇が人間であるのは認めているのである。天皇を人間と認めかつまた神であるべきだとする考えは、人間である天皇個人と天皇制とを分離して見る見方である。それは、天皇個人が天皇制そのものであると一体化して見ていた昭和の戦中戦後期の多くの国民の天皇観と比較すると、柔軟で実質的でもあった。

白井聡は『永続敗戦論――戦後日本の核心』で「「平和と繁栄」に酔い痴れる高度成長下の戦後日本社会の精神的退廃(それは本書が「永続敗戦」と呼ぶものだ)の元凶をそこ(天皇―引用者注)に求めた三島由紀夫は、まさに慧眼《けいがん》であった」と述べる。「英霊の声」の霊たちが「平和と繁栄」の浮薄をあげつらい、それと天皇の「人間宣言」とを結びつけて糾弾したのは、その背後におけるアメリカの介入とそれを進んで受け入れた天皇――しかしそのじつそれは、日本の大衆にほかならなかった――の覚醒を呼びかけた「声」であったということになろう。そしてそれは、二・二六事件に際しての天皇の生な感情の表出に繋っており、その感情には親英米の思考が働いていた点で、戦後日本のアメリカ従属下における「平和と繁栄」をもたらしたと白井聡の思考を敷衍することもできる。

白井聡の戦後論にあるアメリカという要素は、「英霊の声」にはない。三島は、戦後日本のアメリカ従属を〝忘却〟していたのではなく、逆に自明視していたからこそ、単純な反米ナショナリズムに落とし込む愚は避けたのかもしれないが、アメリカへの屈折した感情を介在せずに戦後のナショナリズムを披瀝する三島の表現は、大塚英志『サブカルチャー文学論』も指摘しているとおり独特な言説である。「英霊の声」は、批判の目を外に向けずに内なる日本に向けたことで、人間天皇と大衆との結びつきが経済成長を用意し、戦前戦中の記憶を歪めていると指弾することにもなったのである。

だが三島は、天皇を人間でありながら神であるべきだという発想をどこから得たのであろうか。

シアトリカルな天皇

「英霊の声」には、天皇が「人間であらせられるその深度のきはみにおいて、正に、神であらせられるべきだつた」とある。天皇が人間であることと神であることとの間にあるずれを認めた上で、しかるべきときには神であるべきだ、神を装うべきだと言っているのである。この発想は、演劇から来ているのではないかと思われる。

三島が歌舞伎の要素を新劇に持ち込んで、「シアトリカル」な演劇を主張したことはすでに述べた。劇場性を重視し、演劇というフィクション性を明示して観客に提供するという考えである。「トスカ」について三島は、「役の人物が現れる一瞬前に、役者が登場しなければならぬ。

役の人物が退場した一瞬あとに、役者が退場しなければならぬ」（「芸術断想」）と述べていた。リアリズムを基調とする新劇の演技術では、役者は役の人物になりきって登場する。舞台上のフィクションという約束事をとりあえずなきものとして、〝事実〟だというもう一つの約束事を重視するのである。三島が衝いたのはここである。役者は役になりきるのではなく、役者が役に入るところを見せる。なぜなら、ここが劇場であることを意識させ、フィクションであることを意識させねばならないからである。

人間である天皇は、神の役割を果たすときは神としての天皇を演じなければならない、というのが三島の天皇論だ。天皇は天皇として存在するのではなく、人間として、即位礼正殿の儀や大嘗祭によって、皇位継承を宣明し天照大神と直結したことを示し、日本文化の伝統に連なることを意識し意識させなければならない。人間と天皇を一旦分離するシアトリカルな天皇論である。

この発想があったからこそ、天皇個人と天皇のあるべき姿とを分けて見ることができたし、天皇個人への批判が可能になったのである。菅孝行が『サド侯爵夫人』に指摘した「敗戦後の天皇の実像」と「理想の天皇」との差異も、三島のこの発想から来ている。天皇の存在が天皇制そのものであると無意識に結びつけていては、この地平は開けなかった。生前退位をした平成の天皇はこのことを意識していたように思われる。

三　「文化防衛論」の意図

文化の「全体性」

「文化防衛論」(『中央公論』一九六八年七月号)は、現代日本文化の衰弱から文化を「防衛」するために、文化の「全体性」を担保する「唯一の価値自体」として「文化概念としての天皇」を置くという提言の評論である。

三島はまず「国民文化の三特質」として、伝統との連続性である「再帰性」、あらゆる文化の「まるごとの容認」である「全体性」、文化の成果のための関与である「主体性」を挙げる。このうち最も重要なのは「全体性」である。それは言論の自由を基盤として、「文化の無差別包括性」を持つということだ。「雑多な、広汎な、包括的な文化の全体性」ともあり、「空間的連続性は時には政治的無秩序をさへ容認する」ともある。ということは、橋川文三《ぶんそう》が「美の論理と政治の論理――三島由紀夫「文化防衛論」に触れて」で、「しかし、いったい、幸徳秋水を生かしておくような「文化概念」としての天皇制とはいかなるものであろうか?」と疑問形で書いたことも、文化の「全体性」には含まれることになる。

このような文化の「全体性」が保障される社会は、歓迎すべき社会である。しかし、この無際限な文化の「全体性」にも問題がないわけではない。大塚英志は、「この「全体性」への渇望は世界もしくは人間そのものが「フラグメント化」している、という三島の危機意識を基調としている」(『サブカルチャー文学論』)とやや角度の異なる視座を提出する。というのは、三島が武力を含むあらゆる文化を対象として打ち出したのに対し、大塚は「文化防衛論」にある「フラグメントと化した人間をそのまま表現するあらゆる芸術」という一句を捉えて、そこに問題を見出すからである。それというのも大塚英志には、江藤淳の言う、メイン・カルチャーに対するサブ・カルチャーではなく、トータル・カルチャーに対するサブ・カルチャーの概念が念頭にあるからだ。それは「地域・年齢・あるいは個々の移民集団、特定の社会グループなどの性格を顕著にあらわしている部分的な文化現象のこと」(江藤淳「村上龍・芥川賞受賞のナンセンス」)で、それがここでの議論に必要な材料となる。

文化防衛論

福祉価値と文化が短絡する文化主義のなかで創造的主体としての文化を回復する道は何か

三島由紀夫

文化主義と逆文化主義

昭和元禄などというけれども、文化的成果については甚だ心もとない元禄時代である。

近松も西鶴も芭蕉もいない昭和元禄には、華美な風俗だけが跋扈している。情念は涸れ、強靭なリアリズムは地を払い、詩の深化は顧みられない。すなわち、近松も西鶴も芭蕉もいない。われわれの生きている時代がどういう時代であるかは、本来謎に充ちた混沌である筈にもかかわらず、謎のない透明さとでもいうべきもので透視されている。

どうしてこういうことが起ったか、ということが私の久しい疑問であった。外延から説明する、工業化や都市化現象から説明する、人間関係の断絶や疎外から説明する、あらゆる社会心理学的方法や、一方、精神分析的方法にわれわれは飽きている。それは殺人が起ったあとで、殺人者の生い立ちを研究するようなものだ。

何かが絶たれている。豊かな音色が溢れないのは、どこかで断弦の時があったからだ。そして、このような創造力の涸渇に対応して、一種の文化主義は世論を形成する重要な因子になった。正に文化主義は世をおおうている。それは、ベトベトした手で、あらゆる文化現象の表側にはりついている。文化主義とは一言を以てこれを蔽えば、文化をその血みどろの母胎の生命や生殖行為から切り離して、何か喜ばしい人間主義的成果によって判断しようとする一傾向である。そこでは、文化とは何か無害で美しい、人類の共有財産であり、プラザの噴水の如きものである。

— 95 —

「文化防衛論」(「中央公論」1968年7月号掲載). 日本近代文学館所蔵

　ここからは早くも大塚英志の論旨から離れなければならない。この狭隘な閉じたサブ・カルチャーは、文化の分断と衰弱を招く。「文化防衛論」では「プラザの噴水になつてしまふ」とある。「プラザの噴水」とは「無害で美しい、人類の共有財産」としての文化のことだ。そう思われるのだが、いまやインターネットを通じてそれが世界大に連携していることを思えば、文化の「全体性」はこの状況をも踏まえなければならない。アントニオ・ネグリとマイケル・ハートの言う「マルチチュード」(超国家的な多様な民衆)が国民国家を超えて「帝国」を機能させているところに、「文化概念としての天皇」を置くことで、文化の「全体性」を設定することは可能なのか。グローバリズムへの反動やウイルス感染のパンデミックから、各国の自国化の動きも現れ出ていることを思えば、国民国家と文化的同一性とがおおよそ重なる日本文化の範疇においては、三島の文化論が時代遅れになっているとも思えないのではあるが。

「文化防衛論」では、移民や在日韓国朝鮮人や台湾人などの日本語使用者も視野に入ってこない。このあまりに強い自国化の思考は、日本文化の問題を限定的にしか語っていないし、多様性を容認する文化の「全体性」の議論をも偏ったものにしかねない。また、「そもそも世界文化や人類の文化といふ発想の抽象性はかなり疑はしい」と、早口に「インターナショナリズム」の問題を通過してしまう。ここに先ほどの「フラグメント化した」文化の世界的な連携を加えて、「文化防衛論」を文化一般の考察として見ると、たとえインターネット以前の文化論だったことを考慮しても、論理の粗雑な点に気づかざるをえないのである。

これは「文化防衛論」が文化一般を論じる構えを示しながら、一つの結論、「文化概念としての天皇」を用意していたからにほかなるまい。そしてその結論にも、三島の前意味論的欲動が働いていると思われるのである。

個人と国家

橋川文三は先の評論で、「文化概念としての天皇」をルソーの「一般意志」になぞらえていた。「すべての個人の特殊な利害関心にもとづく多様な意志の集合に対し、一つのネーションとしての統一的意味を付与するものこそ、絶対に誤ることのない自然法則のごとき「一般意志」である」という説明までつけている。三島が「文化概念としての天皇」を、個人的な「特殊意志」やその総体である世論のような「全体意志」とは異なる、きわめて緩やかで抽象度の高い共同体の意志（＝一般意志）として見ているのは確かであろう。三島が「一般意志」を意識していたのは、戯曲『喜びの琴』に窺える。『喜びの琴』は、信頼していた人をも信じていたイデオロギーをも失った若い警官に、空から琴の音が聞こえてくるという話で、これを「喜びの琴」としているところに「一般意志」の表現を読み取ることができるのである。

またここには、人が人であるためには個人の特殊性にとどまるのではなく、「国家」の普遍性に統合されることで公的存在たりうるとするヘーゲルの『法の哲学』の影響を見ることもできる。ヘーゲルは、ルソーの「一般意志」を受け継ぎ、個人の特殊性と国家の普遍性との結びつきを考えたのである。

個人の特殊性が国家といかに結びつくかという問題に視点を置くと、この評論の狙いはこのあたりにあったかと気づかされるのである。

大文字の他者

このように見てくると、現代日本の文化の問題を扱った「文化防衛論」が、三島の前意味論的欲動の帰趨を視野に入れて発想されたものだということに気づく。どういうことか。特殊性の最たるものである前意味論的欲動ゆえに、三島は疎外を感じてきたが、それを国民国家的な普遍性に位置づける方途を見出すのである。「身を挺する」「悲劇的なもの」たらんとする欲動は、血や死への嗜好と相まって、文化の「全体性」が保障されなければ、人間生活の圏外へ放逐されかねない。前意味論的欲動の表現は「全体性」によって文化の領域に包摂され、「文化概念としての天皇」を基軸とする場に位置づけられなければならないのである。しかも、「身を挺する」「悲劇的なもの」という欲動を天皇に捧げることができれば、忠誠の感情を満たし、「英雄」たらんとする願望を実現する可能性も生ずるのである。

三島由紀夫の性的傾向と結びついた嗜虐性は、彼の特殊性の重要な要素である。しかし、三島の特殊性を満足させるのは、狭い世界に限定される。日本文化が「プラザの噴水」になってしまっては、周縁に追いやられるか、排除されかねない。三島は、われわれの想像以上に異端意識を強く持っていたのではないだろうか。『仮面の告白』の「お前は人間ではないのだ。お前は人交はりのならない身だ。お前は人間ならぬ何か奇妙に悲しい生物《いきもの》だ」という文を再度ここに引いておこう。これを誇張された自虐と見なすのはやさしい。しかしそれでは、あまりに荒涼な自我から理解の目を背けていることにならないか。三島のこの強烈な自己意識は、最後まで彼の内面に刻印されていたと思う。三島由紀夫の一生は、「僕は皆と同じ人間だ」(『仮面の告白』)という希望と「お前は人間ならぬ何か奇妙に悲しい生物《いきもの》だ」という絶望的認識との葛藤の繰り返しだったにちがいないのである。

どうすればよいのか。葛藤を生きる自分を包摂する価値観を探すしか真の平安は得られない。三島がしばしば書き口にする「絶対者」とは、論理的な帰結から出てきたというよりは、個人的な存在論から求められたものである。絶対者がいなければ、自分の存在は認められないし、救われない。先験的に天皇があったわけではない。「天皇でなくても封建君主だっていいんだけどね。「葉隠」における殿様が必要なんだ」(「三島由紀夫　最後の言葉」)と三島は語っている。天皇は任意の「絶対者」である。『朱雀家の滅亡』や『奔馬』に生々しく描かれた「忠義」の思想の根源には、良識や道徳では認められない自己の異端性を掬い上げる絶対者への待望が存する。無制限の許容を旨とする「文化概念としての天皇」の確立とは、逆から言えば、三島が許されざる異様な企てを持っていたということにもなる。宮中で天皇を殺したいというのもその一つである。三島が天皇に成り代わろうとしたという議論があるが、それは大きく的を外した考えでしかない。

「文化防衛論」が書かれた必然はここにある。三島の前意味論的欲動から発した異端者意識、天皇、自衛隊の国軍化といった問題系はひと続きの論理として繋がっており、それらは超越的存在によって包摂されなければならないのである。

しかし、このような文化現象を俯瞰する「大文字の他者」（ジャック・ラカン）はもはや存在しない。戦前戦中の天皇制への反省から、「大文字の他者」を持たないようにしたのが戦後社会だった。ポストモダンの時代にその心性は加速する。だがその一方で、「文化防衛論」の「国民文化の三特質」の「主体性」は、寄る辺ない仕方でそれ自体で確立することは難しく、外部の第三者としての大きな理念に支えられる必要がある。しかしそれは存在しない。「天皇制については、（中略）ぜったい理想的に復活されなきゃいけないという、もう妄念ですからね」と、三島は「三島由紀夫　最後の言葉」で語っていた。「妄念」と言うように、「文化防衛論」の主旨は三島由紀夫の渇望にほかならなかったのである。

四　「ゾルレンとしての天皇」

斬り死にの計画

鈴木宏三著『三島由紀夫　幻の皇居突入計画』(彩流社、二〇一六年)という本がある。三島由紀夫の当初の計画は、書名の通り「皇居突入」だったのではないかというのである。先行文献やその中の多くの証言、自身で行ったインタビューなどを丁寧に整理して示しており、その蓋然性はかなり高いと判断される。

その骨子を紹介すると——「檄」には、自衛隊を国軍化しようとして「四年待つた」が機会は失われたので、いまこそともに立ち上がろうと書かれていた。しかし、三島が改憲について目立った発言をするようになるのは一九六九(昭和四十四)年十二月、すなわち死の一年ほど前からである。憲法改正にどれほど肩入れしていたのか。そもそもの計画は、一九六九年十月二十一日の国際反戦デーでの楯の会の出動であった。ここで三島は何をしようとしたのかと問い、それが「皇居突入計画」だと鈴木宏三は「推理」する。皇居での自刃である。しかし予想していた内戦状態にはならず、出動機会はなく、楯の会の存在意義は失われた。市ヶ谷での自決に舵を切るのはそれからだというのである。

「楯の会」の制服を着た三島(1969年10月).
写真提供：読売新聞社

一九六九年の国際反戦デーで三島に事を起こす気持ちがあったことは、村松剛の証言(『三島由紀夫——その生と死』)から確認できる。学習院時代の恩師清水文雄宛書簡(一九七〇年三月五日付)でもそれは匂わされている。三島は村松に「斬死《きりじ》に」すると言っていた。

しかし、それだけではない。皇居に侵入して天皇を殺そうとしたのではないかと鈴木は考える。暴徒から天皇を守ろうとしたのだと元楯の会の持丸博は言うが、鈴木は「「天皇を守る」と「天皇を殺す」という一見正反対の立場は、三島においては理論的には両立しうる」と言う。この理解は論理的には正しいと思う。「天皇を「ゾルレンとしての天皇」と「ザインとしての天皇」に分けて考え、前者すなわちあるべき理想的な天皇を守るために、後者すなわち現実の天皇を否定する、という考え方である」と鈴木は言う。

皇居突入計画

一九六九年六月、三島は山の上ホテルのレストランに山本舜勝とその部下の自衛官五人を食事に招き、「「楯の会」が皇居に突撃して、そこを死守する」との計画を打ち明けた(『自衛隊「影の部隊」――三島由紀夫を殺した真実の告白』)。暴徒の乱入から皇居を「死守する」のではなく、自ら「突入」するという。だから「そこを死守する」ということばに、鈴木宏三は多義性を読む。そこには、磯田光一が三島から聞いたという「本当は宮中で天皇を殺したい」という発言も参照される(磯田光一はすでに「十年の推移の後に――戦後バロックの美と政治」でこのことを書いている)。持丸博は「余りにも悪質なデマと捏造」(『証言　三島由紀夫・福田恆存たった一度の対決』)と磯田を批判するが、文芸評論家として三島から信頼されていた磯田光一が、不正確なことを言うとは思えない。山本舜勝は、三島の「シナリオのスタートが天皇制の異変である」と書き、それには自分も「同意したものの」、この計画には「真っ向から反対した」と述べている。「天皇制の異変」ということばからすれば、皇居を「死守する」とは、天皇制を「死守する」とともに「異変」は払うということになる。

三島は天皇についても、冗談に紛らせて発言することがあり、歌手の三田明が天皇だったらいいのにという冗談は、堂本正樹や高橋睦郎が聞いている。その一方で、学習院の卒業式に出席した天皇は、三時間微動だにせず「とてもご立派だった」と東大全共闘との討論会で回顧してもいる。三島の天皇発言には、その時々で内容が異なり混乱させる要素がある。しかし三島の天皇論の基本は、「インパーソナルな天皇」(「三島由紀夫　最後の言葉」)であって、パーソナルな面の露出によって国民の支持を得る〝メディア天皇制〟には批判的だったと考えると整理はつく。天皇のパーソナルな面と天皇制とは関係がないという論理である。天皇弑逆の真意はこと関係していると思われる。

松本健一は天皇の弑逆について、現実の計画ではなく「観念のうちで」三島はそう考えたと論じている(『三島由紀夫　亡命伝説』)。しかし、事はそう明瞭ではない。三島は、皇居内の剣道場の済寧館で楯の会隊員九人と居合いの稽古を始め、そこに日本刀十振りを預けていた。皇居内で使用するためにである。山本舜勝の『自衛隊「影の部隊」』には、「すでに決死隊を作っている。九名の者に日本刀を渡したのだ！」という山の上ホテルでの三島の発言が記されている。さらに、皇居に近い国立劇場の奈落を、秘密のアジトとして用意をしていた。ある程度の準備がなされていたとも考えられる。

この計画では、三島は皇居で自刃するつもりだった。皇居突入はそれ自体で天皇に危機感を生じさせ、皇居での自刃は、平和な時代の天皇像に否を突きつけることにはなるだろう。鈴木宏三の論理を敷衍して述べれば、三島の天皇弑逆計画と皇居(天皇)死守計画とが同じ意味を持つのは、その命を賭した行動によって、生命を投げ出すに値する「天皇」が現存の天皇とは別に存在するのを示すことになるからである。それは実体なき「ゾルレンとしての天皇」を、「身を挺する」「悲劇的なもの」としての行動によって、あたかも実体であるかのように創造するということである。

しかし、皇居に突入すること自体が現実味の薄い話で、具体的な実行計画にまで至るものではなかった。そういう意味では「観念のうちで」ということになる。東大全共闘との討論会では、三島は学生たちに皇居を襲わせるよう唆す目的があったと推察するのだが、全共闘学生には皇居など眼中になく、これも現実味のない話であった。

クーデターの目論見

当初の決起計画では、憲法改正よりも天皇に訴える方に重点が置かれていたのは確かである。とはいえ「文化概念としての天皇」を考えると、文化の「全体性」として自衛隊を正式に位置づけ、天皇が自衛隊の儀仗を受け聯隊旗を授与することが目指されていたので、憲法改正も天皇と自衛隊の関係の変更も視野の内に入ってくる。要するに繋がっているのである。

だが、三島の言動を注意深く検討すると、憲法改正による自衛隊の国軍化は自衛隊の主体性に任せるという態度が窺える。「檄」では、「自衛隊が目ざめる」という言い方が繰り返されており、自衛隊員の覚醒に重点が置かれていたことが分かる。三島が体験入隊中に、意中の自衛官にクーデターを教唆していたことは、杉原裕介・杉原剛介『三島由紀夫と自衛隊——秘められた友情と信頼』や杉山隆男『「兵士」になれなかった三島由紀夫』などで明らかになっているが、三島の誘いに乗った自衛官はいなかった。それが三島には「自衛隊が目ざめ」ていないと映ったのだ。ちなみにバルコニーからの演説で「四年待った」というのは、最初の体験入隊からの三年六カ月を指すと思われる。

三島が考えていたクーデターとは——。デモが過激化して機動隊では収拾できずに内戦状態になると、自衛隊が治安出動する。自衛隊が出動するまでには時差があるから、楯の会が出動し、三島はそこで斬り死にする。デモが皇居を襲うことになれば、三島は皇居を死守したあとでそこで自刃する。出動した自衛隊が撤兵せず首都に居座れば、それが政治条件となって憲法改正の要求を出すことを可能にし、「無血クーデター」になるというものだ。兵力は出兵よりも撤退の方が難しいという軍事知識を利用した作戦である。三島が自衛官に教唆したクーデターとは、このようなものだったと思われる。楯の会の行動を除いて自衛隊の部分だけを、三島は防衛大学校の講演で述べた(「素人防衛論」)。しかし、自衛隊の治安出動の準備がクーデターとはほど遠いものだったことは、押さえておかなければならない。

西村繁樹の『三島由紀夫と最後に会った青年将校』によれば、当時自衛隊は治安出動訓練をしていたという。それを見た西村は、「機動隊のそれに格段に劣ることは明白であった」と言う。接近戦闘の訓練で、装備は楯と防護用のヘルメットだけで、その「保有も十分ではなかった」というのである。

ここで、三島由紀夫から距離を置いて、三島の目論見の現実性を復習《さら》ってみたい。皇居突入計画は、最初は暴徒（デモ隊）が皇居に侵入したらという条件付きだったが、暴徒が皇居を襲う動きはなかった。そこで三島自身が、九人の学生とともに皇居に突入するという計画に変わった。山の上ホテルで山本舜勝が聞かされたのはこの計画であり、山本の狼狽ぶりからすれば、鈴木宏三が指摘したように天皇弑逆が話された可能性は高い。しかし、この無謀な計画に成算があるとは思えない。山本もそう判断している。また、山本舜勝によれば、クーデター計画は実際に存在したという。そこには陸将と自衛隊調査学校校長の二人のジェネラルも加わっていた。しかし、山本も二人のジェネラルも、三島の熱意から次第に距離を取るようになった。さらに一九六九年の国際反戦デーでは、デモ隊の勢力よりも警察力の方が上回る見込みがあり、自衛隊の治安出動の可能性はなかった。そして実際にそのようになった。

このように整理してみると、三島の計画には、状況との間に整合性のある合理的な判断があったとは思えない。客観的に見れば、昂揚した精神が先行した、愚かで滑稽な計画だったと言わざるをえないのである。しかし、組織や人を動かすには士気を高める必要があり、冷静で客観的な判断のみを口にしているわけにはいかない。加えて三島の前意味論的欲動は行動の側に大きく傾いていた。さらには、残された記憶や証言は、刺激的なことばが多くなるという事情もある。これらの要素が複合し、愚かで滑稽な計画がのちに浮かび上がったと考えられるのだ。

実際にはこれらの計画は実行に至らなかったのだから、三島の内面では冷静で合理的な判断が働いていたと見るべきであろう。しかし、自衛官の何人かは自衛隊を国軍とする行動に賛同しながら、実際には動かなかった。三島の失望は大きかったと思われる。

三島と森田ら四人の学生による最終行動は、憲法改正を訴えたのではなく、憲法改正に「自衛隊が目ざめる」ことを訴えたものである。自衛隊員が行動を起こさないのは予想されていたから、決起は、人々の記憶に残すべき象徴的なものになった。三島の演説の後、三島と森田はバルコニーで「天皇陛下万歳」を三唱したが、三島の意図はむしろここに縮約され残ったのではないか。森田はともかく三島の「天皇陛下」は、「ゾルレンとしての天皇」であったはずである。

終　章　欲動の完結

終章では、最後の大作『豊饒の海』と一九七〇(昭和四十五)年十一月二十五日の自決、そして没後のことを書こうと思う。

時間を巻き戻して一九六二(昭和三十七)年、三島は「「純文学とは?」その他」(「風景」一九六二年六月号)というエッセイで、あと二、三年で四十歳になるので「もうかうなつたら、しやにむに長生きをしなければならない」と書いていた。それが四年半後の一九六七(昭和四十二)年正月の「年頭の迷ひ」(「読売新聞」一九六七年一月一日)では、「ふしぎな哀切な迷ひが襲ふ」と言うのである。一年三カ月前から連載を始めた『豊饒の海』第一巻『春の雪』は完結したばかりで、第二巻『奔馬』の連載第一回目の原稿を編集者に渡したという時期である。完成までは「早くとも五年後のはず」だと言う。「これを完成したあとでは、もはや花々しい英雄的末路は永久に断念しなければならぬ」、「英雄たることをあきらめるか、それともライフ・ワークの完成をあきらめるか、その非常にむづかしい決断が、今年こそは来るのではないかといふ不安な予感」があると言うのだ。

「英雄」ということばは、豊田貞子と泊まった熱海ホテルで書いた『小説家の休暇』でも使われていた。少年時代に夢見たことは全部実現したが、「英雄」たらんとしたことは実現していないといった文である。それが三十歳のときで、四十二歳の誕生日を前にしてまた「英雄」が出てきたのである。見てきたように、三島の前意味論的欲動は「英雄たること」に直結しており、もはやこの執着は癒えない痼疾と言ってもよいものだ。とはいえ、この時期では、三島も言うように「英雄たること」など「バカな迷ひ」として片付けられたであろう。三島由紀夫が『豊饒の海』を「ライフ・ワーク」と称し、全力を投入していたことは疑いえない。とすると大事なのは、その全力を投入する覚悟が、それによって諦めねばならないかと迷う「英雄たること」を浮かび上がらせたということである。

その結果、三島は「英雄」への道を捨てきれないと「決断」するようになる。三島の死の理由に簡潔な答えは出しにくいが、少なくとも外的な事情があって反応し促された結果ではなく、内的な情動への抑制を解く決意をしたからだと考えられる。大いなるものへ自己を投企する「英雄たること」こと、あの「身を挺する」「悲劇的なもの」に自己を委譲する気持ちが動き出すのである。

それを最後の大作『豊饒の海』との関わりから見てみよう。「生れかはり」による長編小説の想を得たのは「昭和三十五年ごろ」だと思っていたが、「昭和二十五年のノート」に「螺旋状の長さ、永劫《えいごふ》回帰、輪廻《りんね》の長さ、小説の反歴史性、転生譚《てんしやうたん》」と書いていたのを見つけたという(「「豊饒の海」について」「毎日新聞」一九六九年二月二十六日夕刊)。『豊饒の海』に通じる発想である。これは「「禁色」創作ノート」に記されていたことが確認できる。『豊饒の海』第一回の発表から遡ること約十五年前となる。

「年頭の迷ひ」をここに加えてみると、二十五歳のときに発想し、十年間「埋もれて」いた「生れかはり」の想を無意識の裡に掘り起こし、五年間かけて具体化する準備をして、いま全四巻のうちの第二巻の途中まで書いてきたのだが、その作品の「完成をあきらめる」ことになるかもしれないというのである。それを「ふしぎな哀切な迷ひ」と、まだ余裕さえ感じられる言い方で表している。これはどういうことか。『豊饒の海』執筆は、長年の文学的野心の実現という推進力と、「英雄」たらんとする夢を選択することで完成を諦めねばならぬかもしれないという危機の鬩《せめ》ぎ合いを、創作意欲として必要としたのではないだろうか。「文武両道」ということばには、そういうモチベーションの維持を籠めていたように思われる。人は、生きていく上で何らかの負荷がかからなければ、生の実感が保てないのだとすると、三島は、最も大切にしている小説執筆と生命を投げ出す願望のどちらを採るのかという選択を、重い負荷として自らに課したと思えるのである。

すでに述べたが、一九六九(昭和四十四)年十月二十一日の国際反戦デーでの騒乱に乗じ、三島には「斬死に」する思いがあった。覚悟というほど強いものではない。自衛隊の治安出動、クーデター、皇居突入、割腹自殺などが三島の脳裏にはあった。しかし、その年の夏あたりには、警察は新左翼学生の実力を分析しそれを制圧する計画も練り上げていたようである。すでに結果は目に見えており、それを三島も知ったことだろう。だから三島は、この日のための準備に着手してはいない。当日は、新宿駅周辺に騒乱状態を見に行っただけである。

それでも未練は残った。このとき三島は『豊饒の海』第三巻『暁の寺』を執筆中で、脱稿後には「実に実に実に不快だつた」と「実に」を三度重ねた異様な感想を述べている(『小説とは何か』「波」一九六八年五月号〜七〇年十一月号)。それは作品の出来栄えとは無関係で、何事もなく執筆を終えたことが「不快」だというのである。具体的なことは何も記してはいないが、状況から察するに、三島は『暁の寺』の完成を諦めるほどに「斬死に」の行動に傾いており、それが叶わなかったということである。

『豊饒の海』は、進むにしたがってこのような緊張状態の中で書かれた。三島自身が意図的に緊張状態の中で書くように仕向けたのである。小説の完成を諦めねばならぬかもしれない環境で、最も大切にしている『豊饒の海』の完成を目指すこと。このパラドックスを設えてしまったかぎり、作家が全力を傾けてなすことは、何としても小説を完成に至らしめることであり、同時に絶対に小説を書けない状況を作りだし、そこに自己を立たせること以外にはない。

一　『豊饒の海』の底

「何か決定的なもの」

『豊饒の海』第一巻『春の雪』は、大正初年代の話である。松枝《まつがえ》侯爵家の嫡男清顕《きよあき》は、勉強にもスポーツにも興味を示さない夢見がちな青年で、友人の本多繁邦は時に困惑しながらも清顕に興味を抱いていた。十四万坪の広大な敷地の屋敷に住む松枝清顕に、「貴様はこれ以上、何が欲しいんだい」と本多は問う。清顕は「何か決定的なもの。それが何だかはわからない」と物憂げに答える。この「何か決定的なもの」とは、日常生活の中にある目覚ましい事物でもなく、将来の夢や希望といったものでもなさそうだ。それを清顕はぼんやりと感知しているようだが、「有為な青年」の本多には見当もつかない。

それはやがて綾倉聡子への恋の感情として現れ出る。一目惚れの逆とでも言おうか、清顕と聡子は幼なじみであり、一緒に暮らしたこともあり姉弟に似た関係である。二つ年上の聡子は何をしても清顕より上手《うわて》で、それを清顕は子どもの頃から苦々しく思ってきた。だから十八歳になっても、聡子を恋愛の対象とは見ていない。聡子が自分に好意を寄せているらしいことも、うるさく感じているくらいである。

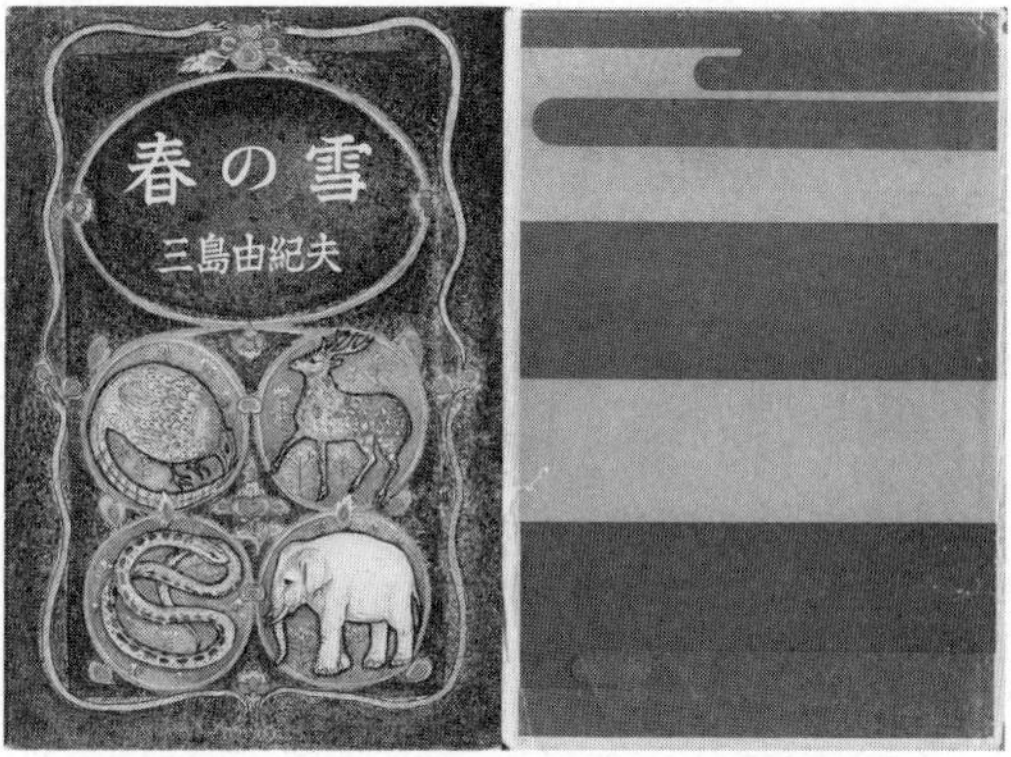

『豊饒の海』第1巻『春の雪』(1969年1月新潮社刊)

そもそも清顕には、性的な欲望が静止しているようなところがある。それを好色な父松枝侯爵は感じ取っていたらしく、一人息子の清顕を花街での遊びに誘ったりもした。だが清顕は、それを潔癖に斥けてしまう。堅物の本多でさえ松枝の家にいる若い女が気になるというのに、清顕にはそういう自然さがない。学習院の先輩にあたる武者小路実篤が「誠に自分は女に餓えてゐる。残念ながら美しい女、若い女に餓えてゐる」(『お目出たき人』洛陽堂、一九一一年)と率直に綴ったような、抑えきれぬ欲望が欠如しているのである。聡子の「子供よ！　子供よ！　清様は」ということばは常に清顕を傷つけてきたが、思慮や理解の浅さを責めるこの指弾は、清顕の性的な側面を言い当てているようにも読めるのである。

「何か決定的なもの」と口にしてしまった清顕の恋は、この世の常識を超えるものとなりそうである。

松枝清顕と綾倉聡子との恋は、聡子の妊娠、堕胎、剃髪へと進むが、聡子の身体に起こるこのような変化とそのために生じる綾倉家と松枝家の混乱は、「何か決定的なもの」の前では相対化されてしまうのである。

「**優雅**」

聡子に縁談が起こり、清顕が、聡子から助けを求められながらも子どもっぽい反発からそれを無視し続けているうちに、縁談は具体化していく。相手は洞院宮家の治典王で、いよいよ勅許が下りるとなったとき、にわかに清顕には聡子への恋しさが目覚める。そこには聡子への恋情ばかりでなく、勅許により聡子が禁忌の女になるという強力な縛りが働いていた。

『僕は聡子に恋してゐる』

いかなる見地からしても寸分も疑はしいところのないこんな感情を、彼が持つたのは生れてはじめてだつた。

『優雅といふものは禁を犯すものだ、それも至高の禁を』と彼は考へた。この観念がはじめて彼に、久しい間堰《せ》き止められてゐた真の肉感を教へた。思へば彼の、ただたゆたふばかりの肉感は、こんな強い観念の支柱をひそかに求めつづけてゐたのにちがひない。

清顕が幼年期に羽林家の一つである綾倉家で養育されたのは、幕末の下級武士から華族に成り上がった松枝家に「優雅」をもたらすためだったが、それがこのような「優雅」として開花した。これはきわめて危険な意味を帯びた「優雅」だが、日本の古典文学作品にはこれに似た「優雅」をいく例も探し出すことができる。このことは、いつの間にか社会制度が人間性を抑圧していたことに気づかせるのである。「至高の禁」とは、言うまでもなく天皇制によって敷かれた「禁」である。それを「犯す」「優雅」には、不敬などという微温な感覚は微塵もなく、むしろ明治憲法にある「天皇ハ神聖ニシテ侵スヘカラス」の条文を突破する覚悟が感じられる。しかもここには、罪の意識を十分に受けとめながらも、汚れた感覚や侵犯の怯えが全く感じられない。むしろ晴れやかな快さ、満足といった感情が満ちている。それは、代償といった現実的な計量計算が働いていないからである。むろん清顕だとて、社会的影響に考えが及ばないはずはないのだが、彼の気持ちは現実の地平を突き抜けてしまっている。

清顕がおぼろげに思っていた「何か決定的なもの」は、動き出してみれば、彼の内側から湧き出た前意味論的欲動にほかならず、三島由紀夫はこの破壊的な欲動を具象化するために『春の雪』を書いたと言っていいだろう。では、聡子はこの欲動をどう受けとめたのか。聡子が受けとめきれなければ、清顕の前意味論的欲動は子どもっぽい我が儘に失墜してしまうのだが、聡子はこれを十全に受けとめたのである。「どうしてでせう。清様と私は怖ろしい罪を犯してをりますのに、罪のけがれが少しも感じられず、身が浄まるやうな思ひがするだけ。先程も浜の松林を見てをりますと、この松林が、生きてもう二度と見ない松林、その松風の音が、生きてもう二度と聞かれない松風のやうな気がするのです。刹那《せつな》刹那が澄み渡つて、ひとつも後悔がないのでございますわ」と本多に語る聡子もまた、この世の羈絆《きはん》に煩わされない地点に出てしまっている。聡子の恐ろしいまでの凄みはこういうところにある。

では本多はと言えば、彼はよき理解者ではあるものの、清顕と聡子の領域には入れない。「勅許を犯しても、結婚してしまふ気はないのか。たとへば二人で外国へ逃げて結婚するとか」と言うと、清顕からは「……貴様にはわかつてゐないんだ」と一蹴されてしまう。聡子に対して自分も「罪に加担し」たと言うと、「罪は清様と私と二人だけのものですわ」と拒絶されてしまう。本多は、この時点では「わかつてゐない」ということがまだ解っていない。しかし年を重ねて、清顕の生まれ変わりを確認していくにしたがって、清顕のいた地点を想像し、自分の限界を知ることになるのである。

飯沼勲の自刃

第二巻『奔馬』は、大阪控訴院の判事となっている本多繁邦が、十八歳の飯沼勲に松枝清顕

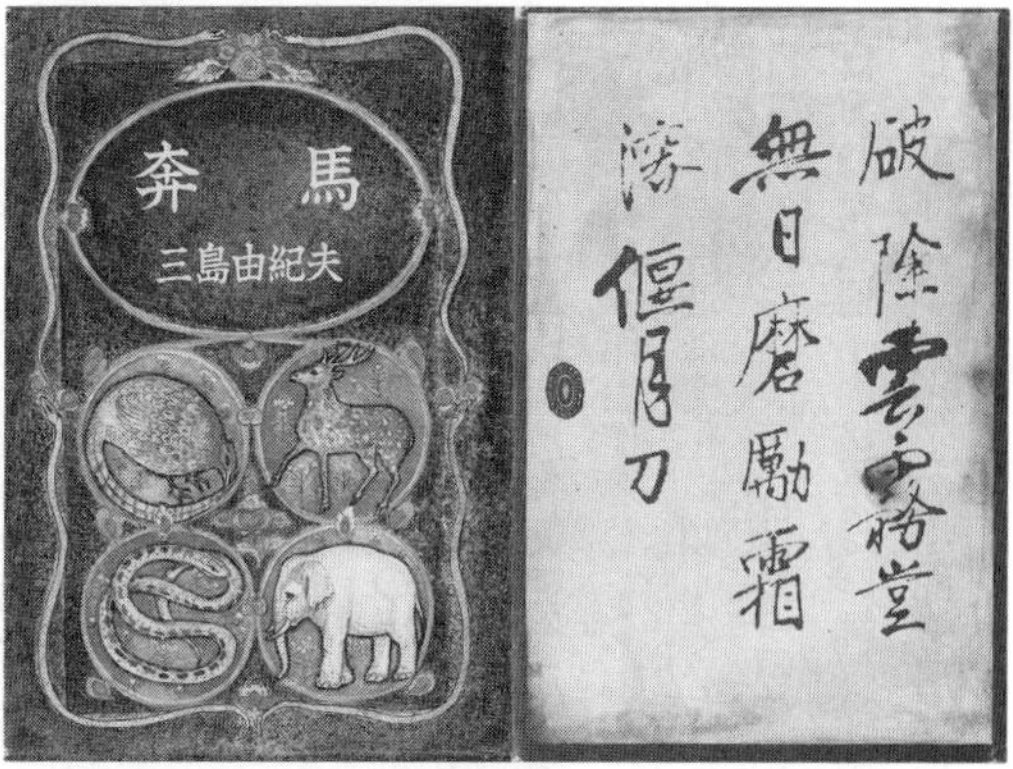

『豊饒の海』第２巻『奔馬』(1969年２月新潮社刊)

の生まれ変わりのしるしを見つけるところから話が動き出す。飯沼勲は、清顕付きの書生だった飯沼茂之の子で、母のみねも松枝家の女中だった。テキストには生まれ変わりの〝証拠〟が少しずつ現れ出てきて、本多とともに読者も驚きながら得心していくのだが、一方でテキストには、勲が松枝侯爵の子かもしれぬことを匂わす記述もある。みねはもともと侯爵のお手つきの女中で、飯沼との関係ができて松枝家を出て勲を産んだ。それ以前に、妊娠したみねは、侯爵の子を疑う飯沼の言を容れ堕胎しているから、勲を侯爵の子と見る読解はあまり重視されてはいない。しかし、みねが堕胎の後再び侯爵と関係をもった可能性はあり、何より飯沼とみねの素振りにわだかまりが表れているのである。このことは『豊饒の海』の物語をより複雑にしている。とはいえ、小説の語りは、勲を清顕の生まれ変わりとして進んでいく。

勲は、父のような職業右翼とは違い国家改造を目指す改革右翼である。天皇への篤い「忠義」の心を持つ、行動力のある「純粋」な青年だ。世の中の「悪」を憎みそれを葬ろうと、仲間を募ってテロの計画を練っている。標的は「金融資本家と産業資本家の大どころ」で、中でも蔵原武介だけは殺《や》らなければならないと考えている。それが天皇への「忠義」であり、「忠義」を尽くした後は自刃する覚悟でいる。このように張り詰めた勲の情動は、三島由紀夫の「身を挺する」「悲劇的なもの」たらんとする前意味論的欲動に直結しているように見える。

勲は熊本の神風連《しんぷうれん》に心酔し、山尾綱紀著の『神風連史話』を愛読している。この『神風連史話』は、福本日南『清教徒神風連』や石原醜男『神風連血涙史』などをもとに三島が書いた架空の歴史書で、作中作として全編が『奔馬』に引用されている。明治新政府の政策が神世復古、攘夷の志とは逆に開化に傾くのを嘆いた林桜園門下の志士が、熊本鎮台や県庁を襲撃した。明治九(一八七六)年陰暦九月八日のことである。志士は太刀、槍、薙刀だけで戦い、多くが戦死し自刃した。冊子の後半は、神風連志士の自刃のさまに割かれている。阿部景器と石原運四郎、そして阿部の妻以幾子の場面を引いてみよう。

二人は恭しく皇大神宮の軸前に再拝黙念した。以幾子は白木の三宝に三ツ組の土器《かはらけ》を載せて、最後の一盞《いつさん》をすすめ、自らも盃を受けた。阿部と石原は諸肌を押し脱いで、短刀を構へた。以幾子も帯の間からしづかに懐剣を取り出した。

阿部はもとより、石原もおどろいて、これを押し止めたが、以幾子の決心は渝《かは》らない。子供のない身でもあるから、どうしてもお伴をさせてくれ、と一歩も退かないので、阿部も敢《あへ》て妻の志を斥《しりぞ》けなかつた。

両士が腹一文字に掻き切ると同時に、以幾子は懐剣をわが喉に突き立てた。

敗残の士となった神風連の最期は、すべてこのように簡潔に記されている。この恬淡とした潔さに、これを書く三島由紀夫の前意味論的欲動の重量が懸けられているのは言うまでもない。したがって三島と神風連の志士と飯沼勲は強い紐帯で結ばれているのだが、とはいえ勲が三島の等身大の人物でないことは押さえておかねばならない。

勲の「忠義」

勲の「忠義」は、熱い握り飯の比喩で語られる。火傷をするほどの熱い握り飯を握って天皇に差し出し、天皇がそれを喜んで食べても、食べずに投げつけても、引き下がって腹を切るというものである。「草莽《さうまう》の手を以て直《ぢか》に握つた飯を、大御食《おほみけ》として奉」るのは「罪」であり、献上せずに飯を腐らせるのは「勇なき忠義」でしかない。「一心に作つた握り飯を献上する」この自発的で一方的な「忠義」には、忠誠対象の対応は思慮の外にある。つまり勲の「忠義」にあっては、忠誠対象の性格は思慮の外であり、無・意味なのである。天皇が忠誠対象であるという理由により忠誠行為が生じ、忠誠対象と忠誠行為との関係は循環論法によって閉じている。だが忠誠対象が無・意味ならば、じつは忠誠対象ゆえに忠誠行為がなされるのではなく、忠誠行為があるがゆえに忠誠対象が忠誠対象たりうるという逆転現象がここにはある。思えば松枝清顕は、天皇が不可侵であるがゆえにその権威を侵そうとしたが、飯沼勲は天皇を不可侵のままにしておくことで、その無・意味に忠誠行為を及ぼそうとしているのである。

同様のことが、滅ぼすべき「悪」の蔵原武介に対しても起こっている。勲の蔵原についての知識は、新聞雑誌に載っている程度のことで「ほかには何を知つてゐるといふのではなかつた」。「蔵原は何かこの国の土や血と関はりのない理智によつて悪なのであつた。それかあらぬか、勲は蔵原についてほとんど知らないのに、その悪だけははつきりと感じることができた」というのである。誅殺対象の性格は誅殺行為者の主観では無・意味であり、誅殺行為により誅殺対象は誅殺対象たりえるのである。

それでも『奔馬』では、天皇とは異なり蔵原武介には描写の筆が及んでいる。「この国の土や血と関はりのない理智」とは、金融の専門家である蔵原の唱える金《きん》の自動調節機能を指すと思われる。蔵原は金解禁論者である。金の保有量の多寡によって通貨の発行高を調節し、インフレーションを防ぐという政策である。この金融政策は往々にして緊縮財政になるから、都市の失業者や農村の疲弊を直接救済することはできない。そこに勲は蔵原の「悪」を感じているのである。

しかし勲は知らないが、蔵原は、貧農の窮状に涙する人物として描かれている。軽井沢の社交の場で聞かされた、貧農の父親が出征した息子の小隊長に、息子を戦死させてくれれば遺族手当で生き延びられる、と書き送った手紙の話にである。これは、「中央公論」一九三二(昭和七)年二月号に載った下村千秋「飢餓地帯を歩く——東北農村惨状報告」の話をもとにしたものと思われるが、一人涙を流す蔵原に周囲の人たちは胸を打たれる。「通貨の安定」こそが「国民の究極の幸福」だと信じている蔵原は、その弊害をも強く感じ取っているのである。

蔵原の主張する金解禁は、浜口雄幸内閣の蔵相井上準之助が一九三〇(昭和五)年一月に実施し、翌年十二月に高橋是清が蔵相に就任して終了した。そして井上準之助は、一九三二年の血盟団事件で暗殺される。蔵原の金融政策は井上のそれを継ぐものというよりよく似ており、また身辺を飾らぬ蔵原の粗忽ぶりは、「一分の隙もないゼントルマン」(宇田正『井上準之助伝』「復刻版改題」)と言われた井上の逆をいく造形で、井上準之助が意識されていたことは間違いない。『奔馬』は、血盟団事件後の一九三二年五月から始まるが、この時点では金本位制の再施行はもはやありえず、したがって蔵原も過去の金融政策家になっていたのである。つまり、勲が主張するほど蔵原は重要人物とは言えないのだ。

このように勲の認識にはいくつかの錯誤がある。それでも勲は、単独で蔵原を刺殺し自刃する。『奔馬』の語りは、勲の誅殺と自刃を肯定的に描いている。三島由紀夫は、飯沼勲の認識不足や過誤を承知しつつ、その前意味論的欲動の行動化を諾《うべな》ったのである。

ジン・ジャンの不可解

第三巻『暁の寺』のジン・ジャンは、松枝清顕や飯沼勲のような激しい生の燃焼を生きた人のようには思えない。「少くともジン・ジャンの魂は、光りかがやく美しい肉にもつてゐたわ」と、ジン・ジャンとレズビアンの関係にあった久松慶子は第四巻の『天人五衰』で言う。彼女の「美しい肉」は、壮年の本多を惑わしたものの、それだけでしかなかった。そしてジン・ジャンの死も、コブラに嚙まれた事故死でしかなかった。二十歳での死、過去生の記憶、前世の夢の実現、左脇腹の三つの黒子《ほくろ》などの条件は揃っていながら、本多を寄せつけないような、あるいは自らを滅ぼしてしまうような若さの激しさがジン・ジャンには見られない。テキストはそれでもジン・ジャンを一連の転生者として扱っているが、『暁の寺』に至ると、主人公の生から急速に前意味論的欲動が遠のいてしまうのである。

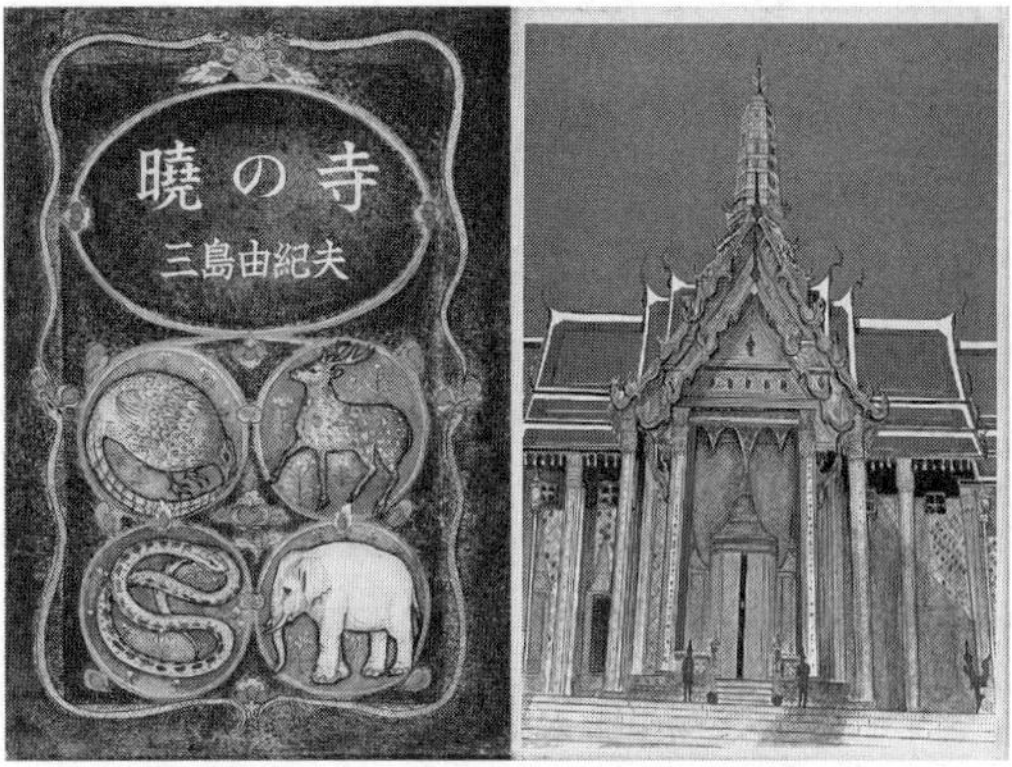

『豊饒の海』第3巻『暁の寺』(1970年7月新潮社刊)

じつのところタイ王室の姫君であるジン・ジャンは、一連の生まれ変わりの人なのだろうか、という疑問がないわけではない。幼児の頃、自分は日本人の生まれ変わりだと言い張り、謁見した本多の、清顕と勲に関する質問に正しく答えてはいた。しかし成長して来日すると、その記憶はなくなり、黒子は本多が確認したものの、帰国して死亡したと伝えられただけになってしまう。本多がバンコクの日本大使館に死亡日を問い合わせても不明である。本多は、来日したジン・ジャンの双子の姉からジン・ジャンの死を聞かされたのだが、初対面のときの本多は彼女をジン・ジャンだと「疑はなかつた」のである。「本多との昔にそしらぬ顔をすることも、ジン・ジャンならやりさうなことであつた」という。その双子の姉にも問い合わせたが返事はない。タイの王族の死亡日が不明とは奇妙である。サイデンステッカーは、この点を四部作の中で「いちばん無謀な非現実的ディテール」と言っている（「『豊饒の海』の知と行」）。ジン・ジャンは本当に死亡したのだろうか。三島自身、『暁の寺』を擱筆後にテレビに出演して、「『暁の寺』では、女主人公が本当にまえの主人公の生まれ変りなのかどうか、わかりにくくなっている。次の第四巻では、それがもっとわからなくなるはずです」と語っていたという（村松剛『三島由紀夫の世界』）。

輪廻転生の後退

第三巻『暁の寺』から第四巻『天人五衰』にかけては、本多繁邦が小説の中心に位置してくる。日本語が堪能でないジン・ジャンは客体化され、『天人五衰』の安永透は本多とそっくりな「自意識」の少年として登場し、本多からは「贋物」の転生者と思われている。透は、本多とともにこの巻の視点人物ではあるが、常に「贋物」という属性で見られることになる。しかも透には、清顕や勲のような本多の想像を超える、分別を超越した行動力が見られない。

だが透は、久松慶子から激しい侮蔑と非難を浴びせかけられると、メタノールを飲み失明してしまう。そして気のふれた絹江のなすがままになり、髪に萎んだ花を飾られ、同じ浴衣の着たきり雀で汗と脂にまみれ、異臭を放って黙然として座っているだけの人になる。これは、村松剛が「『天人五衰』の主人公は贋物か」で指摘したように、本多の読んだ仏典にある「天人

『豊饒の海』第 4 巻『天人五衰』(1971 年 2 月新潮社刊).
カバー画三島瑤子

五衰」の相そのままの姿である。透は二十歳を過ぎても生きていたが、そのありさまは「天人終命の時に現はれる五種の衰相」を示している。透もまた贋物かどうかが「わかりにくくなっている」。

一連の輪廻転生は確かに起こっていたとも思えるし、じつは本多がそう理解しただけだとも思える。『暁の寺』と『天人五衰』では輪廻転生の信憑性は後退している。あえて言えば、生まれ変わりは起こったとも、起こっていないとも言える小説の仕組みになっているのである。二十歳での死や黒子が、条件や証拠になることに根拠はない。理性の勝った本多繁邦が〝信頼される登場人物〟として転生を認めていくことで、読者も追随してきたのだが、第三巻の後半以降の本多は、ジン・ジャンの黒子を見るためなのか裸体を見るためなのか覗き屋に堕し、読者の信頼は目減りしていく。

ジン・ジャンの死亡日が確定しないうちに、贋物くさいと感じた透の養子縁組を進めるようなこともする。本多の理性は老年を迎えて衰えてしまったのだろうか。ともあれ、「夢と転生の物語」を起こりうる現実として受けとめるか、小説のまことらしさを徹底して求めて、生まれ変わりを疑わしく見るかは、読者の資質と選択により判断されるのだが、『豊饒の海』はどうもその両方の読みを抱え込む小説となっているようである。

門跡聡子のことば

『豊饒の海』の最後は、八十歳を過ぎた本多繁邦が、奈良は帯解《おびとけ》の月修寺を訪ねる場面となる。現在の門跡は、綾倉聡子だった人である。本多は六十年以上前の松枝清顕の話をする。だが門跡は、「そんなお方は、もともとあらつしやらなかつたとちがひますか？」と言う。これはどう理解したらよいのだろう。ここまで読んできた読者は、誰もが戸惑うことになる。門跡のことばが、この長い長い小説の内容をすべて否定し無に導いたという考えをここでは採らない。また、本多が見てきたことが、本多の認識によって編まれた一編の〝幻想〟だったという考えも採らない。なぜなら、聡子の恋人だった清顕は、紛う方なく存在したからだ。

ならばなぜ本多は、「この庭には何もない。記憶もなければ何もないところへ、自分は来てしまつた」と茫然自失となったのだろうか。本多にとっては聡子も清顕も特別な人である。その関係が、ほかならぬ聡子その人によって否定されたからである。だが、それだけではあるまい。門跡が唯識の見地から発言したことは、本多には即座に理解できたはずだ。聡子は、本多にふさわしい、本多にだけ向けた説法をしたのだと思う。森孝雅が「『豊饒の海』あるいは夢の折り返し点」で用いていた語句だが、これは対機説法である。

「何もない庭」のモデルとなった臨済宗圓照寺の庭（非公開，筆者撮影）

癌に冒されているらしい本多は、人生の終わりに、聡子に久闊を叙するために会いに来たのではない。帯解までの道中の本多の態度に鑑みれば、本多は何事かを企てていたにちがいないのである。その企てとは、「この現象世界の崩壊」である。本多の認識の中で起こる崩壊である。世界を動かさずに、世界を不変のままに滅亡に導くこと。本多はいまや、このような悪を抱えている。本多の悪とは、世界の生滅の全権を掌握し、世界を己の認識一つで崩壊に移そうとする権力意志の表れとしてある。とはいえこの悪は、外界に何の危害も加えない。「純粋悪」とでも呼ぶべき、消極のきわまった無為であり、本多自らがそう呼ぶように、これは「認識の地獄」とでも言った方がよいかもしれない。あたかもこれは、芸術家が抱く悪の想念であるかのようだ。六十余年の間、聡子との再会を願いながら留めてきた自制を解いたのは、その悪ゆえであった。清顕のようには生きられないと思い知らされた本多が、自己を懸けられるのは「この現象世界の崩壊」しかないからだ。

本多のこの企ては、ただ「見る」ことだけに一生を貫いてきた本多の「認識の地獄」がつくり出した世界大の悪である。それは聡子とわたり合える唯一の本多固有の資質である。「この現象世界の崩壊」という本多の悪は、本多の前意味論的欲動と呼んでもいいだろう。本多は、人生の最後に、彼にとって特別な人である聡子と会い、自己の前意味論的欲動を発動した。そしてこれは、三島自身の欲動でもあった。『鏡子の家』の杉本清一郎や「弱法師」の俊徳や『美しい星』の羽黒助教授などを通じて表現された「世界崩壊」や「この世のをはりの景色」や「人類全体の安楽死」の想念は、三島由紀夫を支えてきたもう一つの前意味論的欲動であったにちがいないのである。それは認識者であり芸術家である三島と深くつながっている欲動である。三島は『豊饒の海』の最後で、本多にこれを託した。

輪廻転生を学んだ本多は、輪廻転生を司る唯識の理論に到達した。唯識とは、この世界はすべて「識」であるという大乗仏教の仏説である。識とは「阿頼耶識《あらやしき》」によって顕現された世界で、阿頼耶識がこの世界を生じさせ、その世界を貯蔵する根源としてある。輪廻転生では、この阿頼耶識が次の生に伝わる。この世界は一旦滅してまた阿頼耶識によって生じ瞬時に生滅を繰り返し、それが染汚《ぜんま》法《ほう》によって阿頼耶識に包蔵される。これが同時に起こるので、それを「阿頼耶識と染汚《ぜんま》法《ほふ》の同時更互因果」という。

　本多はこの「阿頼耶識と染汚法の同時更互因果」に強い関心を持った。空襲で渋谷の街が壊滅したのを見て、「刹那刹那の確実で法則的な全的滅却をしつかり心に保持して、なほ不確実な未来の滅びに備へること」を心に刻むのである。「破壊者は彼自身だつたのだ」と地の文の語り手は言う。

　京都から奈良の帯解に向かう車中で、本多は「……何とかして、もう少し、もう少しの辛抱だ、この壊れやすい硝子細工《ガラスざいく》のやうな繊細きはまる世界を、自分の手の上にそつと載せて護つておかなければ。……」と心に決めていた。聡子に会い、清顕に思いをいたせば、聡子にこの世界を肯定してもらえることになる。その直後に本多の内部で「硝子細工のやうな繊細きはまる世界」の崩壊が起こる。それが本多の最後の望みである。しかるに聡子は本多の熱意に何事かを感知したのだろう、この世界の無を語ることで、本多の望みを絶った。「もともとあらつしやらなかつたのとちがひますか？」と。世界がもともと無であるならば、崩壊など起こりようがない。だから本多は「記憶もなければ何もないところ」に来てしまったと感じたのである。

　――しかし、この世界の無を言った門跡聡子は、畢竟この世界は存在しなければならないということを語ったはずである。「阿頼耶識と染汚法の同時更互因果」である。本多にはそれが理解できたはずだ。「世界が存在しなければならぬ、といふことは、かくて、究極の道徳的要請であつたのだ。それが、なぜ世界は存在する必要があるのだといふ問に対する、阿頼耶識の側からの最終の答である」――戦争末期に、本多は唯識における世界の存在理由をこのように理解した。本多の企ては、世界が滅して無となる一刹那に賭ける試みだったが、聡子の対機説法は本多の悪を潰したのである。

本多に託した自らの欲動が潰え去るさまを、三島はどのような気持ちで書き綴ったのだろう。芸術家の欲動を自らのペンで「何もないところ」へ至らしめたのは、作品の完成が、そのまま芸術家としての自己の完結となるように仕向けることだったのか。そして三島由紀夫は、最後となる小説の末尾にそれが記されていることを確認すると、「身を挺する」「悲劇的なもの」たらんと行動する最後の一日を迎えたのである。

二　一九七〇年十一月二十五日の最期

最後の一日

『豊饒の海』の結末を、三島由紀夫は死ぬ三カ月前の夏には書き終えていた。残りの月日は、結末に至る部分の執筆にあてた。死を覚悟しその準備に明け暮れながら小説を書くとは、凄まじい精神力が要ったはずである。約束の時間を守り、締め切りに遅れない。三島は約束墨守。原稿の末尾には「「豊饒の海」完。／昭和四十五年十一月二十五日」と書いた。

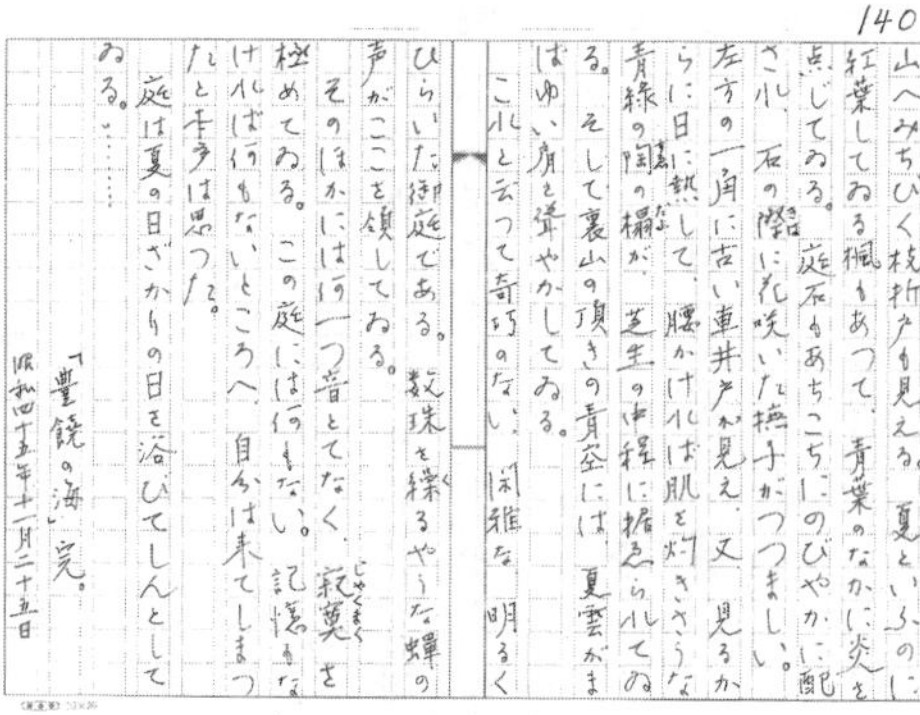
140
山へみちびく枝折戸も見える。夏といふのに
紅葉してゐる楓もあつて、青葉のなかに炎を
点じてゐる。庭石もあちこちにのびやかに配
され、石の際《きは》に花咲いた撫子がつつましい。
左方の一角に古い車井戸が見え、又、見るか
らに日に熱して、腰かければ肌を灼きさうな
青緑の陶の榻が、芝生の中程に据ゑられてゐ
る。そして裏山の頂きの青空には、夏雲がま
ばゆい肩を聳やかしてゐる。
これと云つて奇巧のない、閑雅な、明るく
ひらいた御庭である。数珠を繰るやうな蟬の
声がここを領してゐる。
そのほかには何一つ音とてなく、寂寞《じやくまく》を
極めてゐる。この庭には何もない。記憶もな
ければ何もないところへ、自分は来てしまつ
たと本多は思つた。
庭は夏の日ざかりの日を浴びてしんとして
ゐる。……
「豊饒の海」完。
昭和四十五年十一月二十五日

『豊饒の海』完結の直筆原稿．山中湖文学の森・三島由紀夫文学館蔵

これまで『豊饒の海』は完成しないかもしれないという思いは何度かよぎった。とりわけ『暁の寺』執筆中には、行動の側に身を移し、完成を諦める気持ちになった。しかし、事態はそのようには進まなかった。『暁の寺』を擱筆すると、急遽『天人五衰』の想を練り直し、今日のこの日に至った。原稿の入った封筒は手伝いの女性に託した。「新潮」編集部の小島千加子には、自分が家を出たあとの時刻、午前十時半に取りに来るように言ってある。小島と『豊饒の海』を事件に巻き込ませない配慮であろう。小島は『豊饒の海』がこの原稿で終わることを知らない。

一九七〇(昭和四十五)年十一月二十五日、三島は

この日のために購入させた中古の白いトヨペット・コロナに乗って、陸上自衛隊市ヶ谷駐屯地に向かった。天気のよい日である。小賀正義が運転し、森田必勝、小川正洋、古賀浩靖が同乗した。三島がヤクザ映画の「唐獅子牡丹」を歌い、皆が唱和した。益田《ました》兼利《かねとし》東部方面総監の部屋に入ったのは十一時。挨拶を交わし、森田ら四人を紹介した。

　このあとに起こった出来事は、いくつかのアクシデントはあったものの、ほぼ計画通りに進んだ。計画が潰えて逮捕される可能性も十分あったのである。三島の合図で隊員たちが総監を襲い、椅子に縛り上げて猿ぐつわをかませた。三つあるドアを机、植木鉢、応接セットなどで塞いだ。何人かの自衛官がドアをこじ開けて侵入したが、三島と学生が日本刀と短刀で斬りつけて退散させ、三島の演説を自衛隊員に聞かせろという要求書を差し出した。

　警視庁は通報を受け、機動隊一二〇人と私服警官を出動させた。その動きで報道機関に事件が伝わった。その少し前、近くの市ヶ谷会館に楯の会の例会のために隊員たちが集まっていた。そこへ「サンデー毎日」の徳岡孝夫とＮＨＫの伊達宗克が、三島からの依頼で来ていた。事件が自衛隊内で起こるので、もみ消しを怖れて依頼したのである。二人は、渡された手紙とパトカーの音で事件を知った。

　十二時に三島と森田がバルコニーに立ち、三島が演説した。「自衛隊が立ち上がらなきゃ、憲法改正ってものはないんだよ」「諸君は武士だろう。武士ならばだ、自分を否定する憲法をどうして守るんだ」「自衛隊は違憲なんだ。貴様たちも違憲だ」「諸君の中に、一人でも俺と一緒に起つ奴はいないのか」。ヘリコプターが飛来し、演説は聞こえにくくなった。十二時十分、演説を終えると森田とともに「天皇陛下万歳」を三唱した。

総監室に戻り、三島は上着を脱いで窓に向かって床に正座した。森田が日本刀を手に、左後ろに立った。三島は、短刀を左脇腹に深く突き刺すと右に引き回した。総監が「介錯するな」と言った。森田が三太刀加えたが介錯しきれず、古賀が代わって果たした。森田必勝が続いて切腹をし、古賀が介錯した。残った小川、小賀、古賀が遺体を寝かせ、制服をかけた。総監が「君たち、お参りしたらどうか」と言い、三人は合掌した。十二時二十分、三人は総監とともに部屋を出て、日本刀を自衛官に渡し、警察に逮捕された。

総監室バルコニーで演説をする三島(1970年11月).
写真提供：朝日新聞社

テレビとラジオは、この事件をほぼ同時に伝えた。ただ、作家の三島由紀夫が、楯の会の学生森田必勝と自衛隊内で割腹自殺を遂げたという出来事が前面に出て、理由や状況はすぐには明らかにならなかった。無理もない。そのため日本中が大騒ぎになり、ニュースは海外にも伝わった。日本の軍国主義復活が懸念された。

瑤子夫人は混乱したはずだ。車のラジオで夫の自決を知り、運転ができなくなって近くのガソリンスタンドに車を預け、タクシーで帰宅した。残酷な言い方になるが、瑤子は夫に〝死なれた人〟になってしまい、遣り切れない思いに襲われたにちがいない。母の倭文重も父梓も、息子に〝死なれた人〟になった。川端康成もそうである。楯の会の隊員たちも三島と森田に〝死なれた人たち〟になり、〝おいていかれた人たち〟になった。

書店では三島の著書があっという間に売り切れた。新聞は連日この事件の報道を続け、週刊誌も事件の周辺に筆を及ぼし、特集号も出た。女性週刊誌も同様で、月刊誌、文芸誌は翌年一月号二月号に特集を組んだ。これらの夥しい文章には、強弱はあるがやはり〝死なれた人〟の口調があった。事情はどんどん明らかになり整理もされた。しかしそれでも、事態を理解したと確信している人はおそらく誰もいなかった。

三　終わらない三島由紀夫

事件後

三島由紀夫を「死後に成長する作家」と言ったのは、文芸評論家の秋山駿だと思われているかもしれない。じつはこのことばは、埴谷雄高がドストエフスキーについて言ったもので、それを秋山駿が三島由紀夫に用いたのだ。いまや三島についてのことばのように思われている。それほど三島は、没後に成長し長生きをしている。その秋山の文章は「死後二十年・私的回想――いよいよその「不在」が輝く」という題のものだが、没後二十年やそこらでは三島由紀夫はまだ全く終わっていなかった。没後の年は否応なく増えていき、現実の三島を知らない人たちが多くなっているのに、三島由紀夫の〝記憶〟は不思議に受け継がれていった。

　檄文を読み直すと分かるが、三島の主張は注意深くあるいは慎ましくさえあって、自衛隊員に向けてのもので、日本人全体に訴えるといった性格のものではなかった。それがどうしたことか、この国の人たちは、自分たちに向けてのメッセージだと理解したのである。その上、割腹自殺という死に方が、世人への警醒のように思わせてしまった。命を懸けて、時代の空白を衝いたと感じたのであろう。人々が浮薄だと感じていた経済成長とそれに寄りかかった生活の、空虚な手応えや後ろめたさを衝かれたと思ったから、衝撃を食らったのである。「日本はなくなつて、その代はりに、無機的な、からつぽな、ニュートラルな、中間色の、富裕な、抜目がない、或る経済的大国が極東の一角に残るのであらう」という「果たし得てゐない約束――私の中の二十五年」(「サンケイ新聞」一九七〇年七月七日夕刊)が、しばしば引用されるようになったのはそのせいである。三島がこの国の多くの人たちを、三島に〝死なれた人たち〟に仕立てたというのは誇張が過ぎる。多くの人が、自らを三島に〝死なれた人〟と受けとめてしまったのだろう。では、三島にそう受けとめさせる意図がなかったかというと、あったかもしれないという気にもさせるので厄介である。

自決のあった年の十二月十一日には、「三島由紀夫氏追悼の夕べ」が、宮崎正弘ら民族派の学生を中心に池袋の豊島公会堂で開かれ、三千人が集まった。翌年からは「憂国忌」と名称を変え、森田必勝も加えた集まりとして今日まで続いている。一九七一(昭和四十六)年の一月二十四日には、築地本願寺で仏式の葬儀と告別式が営まれた。葬儀委員長は川端康成。警備本部の調べでは八千二百人の弔問客があったという。文学者の葬儀としては異例の規模となった。追悼集会は、その後も大阪、熊本、パリ、京都で開かれた。楯の会は、西日暮里の神道禊《みそぎ》大教会で解散式を行い、決起とともに解散したことを宣言した。事件の裁判は、一九七二(昭和四十七)年四月二十七日に東京地裁で判決公判が開かれ、小賀正義、小川正洋、古賀浩靖に懲役四年の実刑判決が下った。罪状は監禁致傷、暴力行為、職務強要、嘱託殺人罪であった。

「三島事件」と呼ばれることになるこの決起は、大きな波紋を投げかけたが、憲法も自衛隊もそして天皇のあり方も、三島の死を賭した主張によっては変わらなかったのではないかと思われる。変わったのは、アメリカの圧力を受けた自民党の動きと保守基盤の安定のためであり、災害救助などの自衛隊の自助努力のためであり、平成の天皇の振る舞いによってである。三島が危惧したアメリカによる自衛隊の「傭兵化」は、ますます進んだ。三島の死は大きな衝撃をもたらしたが、その主張は、衝撃とともに結局は三島個人に凝縮してしまったように見える。だが、それにより没後の三島由紀夫は生き残った。三島文学の価値を過小評価するのではなく、そう思う。そして森田必勝を慕う人たちもまた、その主張と行動を森田個人に凝縮したのだと思う。

文学館と全集

一九九六(平成八)年四月十四日の「朝日新聞」は、一面トップに「三島由紀夫未発表稿　大量に」という記事を掲げた。大田区馬込の自宅で発見され、整理できただけでも中編小説などが十作品前後、『豊饒の海』の創作ノート二十冊、未完小説のメモ、川端康成宛書簡のコピー約五十通、未発表原稿は四百字詰め原稿用紙で約三千枚相当はあるという。これには仰天した。

その約二週間後に、これらの資料は山梨県山中湖村に譲渡されることが決まり、村では三島由紀夫文学館を建設し運営することが発表された。三島と山中湖に深い縁はない。後に関係者に尋ねたところ、いくつかの自治体や大学に打診したが実現せず、山中湖村が文学館建設にも意欲的だったからという話だった。

この年を起点として、三島由紀夫は資料の面で大きく動くことになる。「朝日新聞」の記事は、作品数や原稿枚数について大雑把な数字しか挙げていなかったが、後に未整理のこの資料を見て、そうならざるをえなかったのを知った。一作品の原稿がバラバラになっていたり、同一の作品が異なる原稿用紙に書かれていたり、一作品に複数の異稿があったりしたからである。日本近代文学館にいた工藤正義が中心になり、平敷尚子が加わって整理が進んだ。一九九九（平成十一）年七月三日に、湖畔の高台にある山中湖文学の森に三島由紀夫文学館は開館した。

全集は、すでに『三島由紀夫全集』全三十五巻、補巻一が、一九七三（昭和四十八）年から七六（昭和五十一）年にかけて新潮社から刊行されていた。この時期のものとしては収録作品、解題、校訂ともにすぐれた全集である。しかし、新しい資料が出てきて、完全な全集が求められるようになっていた。『決定版 三島由紀夫全集』全四十二巻、補巻一、別巻一が、二〇〇〇（平成十二）年十一月から〇六（平成十八）年四月まで新潮社から刊行された。ここには未発表作品、創作ノート（紙幅の関係で収録できなかった部分がある）、異稿、書簡、音声、映画「憂国」などが収録され、解題と資料編が充実した。こうして三島由紀夫の著作は、未定稿に至るまで誰でもたやすく読めるようになり、それはとりわけ新たに増えた海外の日本文学研究者の利便を図ることになった。

三島作品は、戯曲の上演だけでなく、小説の映画化や演劇化のほかダンス、バレエ、オペラにもなっている。三島自身を映画化したものもある。さらには三島作品からインスパイアーされたパフォーマンス作品も多い。このようにアダプテーションを誘うのは、もはや〝死なれた人〟の感傷ゆえではない。人間や社会や世界への視角が独特で犀利で、創造力を刺激するからであろう。

そのようなアダプテーションからも新しい読者は生まれている。面白いのは特定の作品というのがなく、どこからでも新しい読者は三島文学に入ってくる。エンターテインメントであったり、短編小説であったり、戯曲であったり……。三島文学の崖は高くとも、岩肌は摑みやすく脆くない。急峻な崖であっても登れなくはない。表現者としてこのような崖を意図して築いたのは、人間世界の辺境にいつづけた人の哀しさだったのかもしれない。

文献解題

全般

三島由紀夫および三島文学全般を知る基礎的な年譜や書誌などの記録については、『決定版三島由紀夫全集』第四十二巻(佐藤秀明・井上隆史・山中剛史、新潮社、二〇〇五年)が、精密で信頼できる。収録された「年譜」は、詳細な安藤武『三島由紀夫「日録」』(未知谷、一九九六年)に刺激され、日付ごとの記録になっている。「作品目録」「詩歌目録」「対談目録」「著書目録」「上演作品目録」「放送作品目録」「映画化作品目録」「音声・映像資料」の記録も最も詳細なものである。事典では、長谷川泉・武田勝彦編『三島由紀夫事典』(明治書院、一九七六年)は作品内容の紹介にすぐれ、松本徹・佐藤秀明・井上隆史編『三島由紀夫事典』(勉誠出版、二〇〇〇年)は作品ごとの研究史の整理が特徴である。『決定版 三島由紀夫全集』(以下『決定版全集』と表記、新潮社、二〇〇〇~〇六年)の田中美代子らによる「解題」は、主要作品について三島の自作解説を引用・紹介しており、検索機能も兼ね、『決定版全集』収録作品を横断的に読むことができる。

三島由紀夫の人と文学全般を論じた定評のある評論を挙げると、三島生前のものとしては磯田光一『殉教の美学』(冬樹社、一九六四年↓『磯田光一著作集1』小沢書店)と、野口武彦『三島由紀夫の世界』(講談社、一九六八年)がすぐれている。磯田光一は、ドン・キホーテとサンチョ・パンサの複眼を持つ三島という比喩から、戦後の進歩主義思想に対抗するロマン主義を三島に見て、その文学的意義を説いた。同様に野口武彦も三島のロマン主義的心情を精緻に分析するが、それを批判的に捉えている点が大きく異なる。田中美代子の『ロマン主義者は悪党か』(新潮社、一九七一年)は、野口への反批判によって三島のロマン主義が切り開いた可能性を論述した。『午後の曳航』の英訳で三島と親交のあったジョン・ネイスンは、三島の没後、多くの人へのインタビューに基づいた『三島由紀夫——ある評伝』(野口武彦訳、新潮社、一九七六年↓新版、新潮社)を出す。ネイスンの評伝は、三島の文学と行動の基底にあるセクシュアリティを抽出し、本書の前意味論的欲動はその後継と見なせる。この評伝の英語版とほぼ同時に出たやはり英語版の評伝が、ヘンリー・スコット＝ストークスの『三島由紀夫 死と真実』(徳岡孝夫訳、ダイヤモンド社、一九八五年↓『三島由紀夫 生と死』清流出版)である。ジャーナリストとして四十代の三島から多くの話を引き出している。村松剛『三島由紀夫の世界』(新潮社、一九九〇年↓新潮文庫)も三島と親しかった人の評伝で、文学・演劇・日常生活・政治・行動のあらゆる点に踏み込んだ論述がなされている。ただし、性的傾向については、故意に異性愛主義を強調した嫌いがある。奥野健男『三島由紀夫伝説』(新潮社、一九九三年→新潮文庫)は、作品読解と評価、同時代文学との関連に参照すべき点が多い。猪瀬直樹『ペルソナ　三島由紀夫伝』(文藝春秋、一九九五年→文春文庫)は、官僚三代の平岡家を綿密に調査し、近代日本の歴史の中の一族を浮かび上がらせたものだが、祖父平岡定太郎の事跡や本籍のある加古川について明らかにした点は大きい。松本徹は『三島由紀夫論――失墜を拒んだイカロス』(朝日出版、一九七三年)以降継続して三島を論じ、『三島由紀夫の最期』(文藝春秋、二〇〇〇年)、『三島由紀夫　エロスの劇』(作品社、二〇〇五年)、『三島由紀夫の生と死』(鼎書房、二〇一五年)、『三島由紀夫の時代』(水声社、二〇一六年)、『松本徹著作集2　三島由紀夫の思想』(鼎書房、二〇一八年)で、作品、自決事件、生涯、同時代作家との関係、思想について論じている。近年の著作では大澤真幸『三島由紀夫　ふたつの謎』(集英社新書、二〇一八年)が、三島の死と『豊饒の海』の結末を「ふたつの謎」として軸に置き、三島の全体を論じている。本書はこの著書の個別の箇所に言及してはいないが、全体として応答になっていると思う。なお、「三島由紀夫研究」(鼎書房)が雑誌形態で刊行されており(一～二十号、以後継続。販売は図書扱い)、それぞれの号で特集が組まれている。

序　章

「前意味論的欲動」の概念は、本多秋五『続　物語戦後文学史』(新潮社、一九六二年→同時代ラ

イブラリー、岩波現代文庫）への批判から生まれた。それを跡づけようと参照したのが松本卓也『人はみな妄想する――ジャック・ラカンの鑑別診断の思想』（青土社、二〇一五年）である。横尾忠則の発言は、平野啓一郎、田中慎弥、中村文則との座談会「2010年の三島由紀夫」（「文學界」二〇一〇年十二月号）である。

第一章

誕生から本書の第一章で扱った十六歳までのことについては、平岡梓『伜・三島由紀夫』（文藝春秋、一九七二年↓文春文庫）が、母倭文重《しずえ》の発言も加えており、証言としても貴重である。『伜・三島由紀夫』は、それ以後の成育史や家庭人としての三島も知ることのできる一次資料である。生家については、安藤武『三島由紀夫の生涯』（夏目書房、一九九八年）に記述があり、その検証と再探索は佐藤秀明「三島由紀夫の生誕地」（「三島由紀夫研究」二〇一七年）にある。学習院での文学活動については坊城俊民『焔の幻影　回想三島由紀夫』（角川書店、一九七一年）のほか、『三島由紀夫　十代書簡集』（新潮社、一九九九年↓『決定版全集』第三十八巻収録）、『師・清水文雄への手紙』（新潮社、二〇〇三年↓『決定版全集』第三十八巻収録）が一次資料となり、杉山欣也『「三島由紀夫」の誕生』（翰林書房、二〇〇八年）が詳細に論じている。学習院初等科から高等科まで同級生で最も親しかった三谷信『級友　三島由紀夫』（笠間書院、一九八五年↓中公文庫）も、同じく同級生だった千家紀彦の「小説・三島由紀夫」(「小説CLUB」一九七一年三月号)も貴重な証言である。「花ざかりの森」については、清水文雄「「花ざかりの森」をめぐって」(『三島由紀夫全集』第一巻付録21、新潮社、一九七五年)に拠った。また、西法太郎『死の貌――三島由紀夫の真実』(論創社、二〇一七年)を参照した。「花ざかりの森」を賞賛した蓮田善明については、西法太郎『三島由紀夫は一〇代をどう生きたか』(文学通信、二〇一八年)、井口時男『蓮田善明 戦争と文学』(論創社、二〇一九年)に詳しい。

第二章

徴兵検査と入隊検査、および本籍地の志方村については、福島鑄郎『資料総集 三島由紀夫』(新人物往来社、一九七五年→双柿舎と朝文社)が早くに調査に着手し、野坂昭如『赫奕たる逆光――私説・三島由紀夫』(文藝春秋、一九八七年→文春文庫)、村松剛『三島由紀夫の世界』(前掲)、猪瀬直樹『ペルソナ 三島由紀夫伝』(前掲)がさらに綿密な調査をし、佐藤秀明「三島由紀夫の入隊検査」(「現代文学史研究」二〇一四年六月)がその後を追った。K子については村松剛『三島由紀夫の世界』(前掲)が開拓した。三谷信『級友 三島由紀夫』(前掲)が傍証資料としてあり、松本徹「三島由紀夫の軽井沢――『仮面の告白』を中心に」(「三島由紀夫研究」二〇〇六年)の調査もある。同性愛については、早くにジョン・ネイスン『三島由紀夫――ある評伝』(前掲)が扱っていたが、福島次郎『三島由紀夫　剣と寒紅』(文藝春秋、一九九八年)、堂本正樹『回想　回転扉の三島由紀夫』(文春新書、二〇〇五年)がいわばタブーを破る役割を果たした。切腹が性的な意味をもつことは、男滝洌「私と三島由紀夫さんの「切腹」の午後」(「宝島30」一九九六年四月号)からも窺える。中村光夫の「マイナス百五十点」は、中村と臼井吉見の「対談現代作家論5　三島由紀夫」(「文學界」一九五二年十一月号)にある話。雑誌「人間」のことは、木村徳三『文芸編集者　その跫音』(TBSブリタニカ、一九八二年)が当事者の回想であり最も詳しい。

第三章

『仮面の告白』について参照したのは、奥野健男『三島由紀夫伝説』(前掲)、ジョン・ネイスン『三島由紀夫――ある評伝』(前掲)である。LGBTについては、伊藤氏貴「同性愛者の誕生＝同性愛文学の死――LGBT批判序説」(「文學界」二〇一六年三月号)が論じている。『青の時代』の光クラブについては、保阪正康『真説　光クラブ事件――戦後金融犯罪の真実と闇』角川文庫)が、三島との関連を含め調査している。初の外国旅行で見た遺跡や美術については、宮下規久朗・井上隆史『三島由紀夫の愛した美術』(新潮社、二〇一〇年)が、豊富な写真もあり参考になる。『潮騒』の神島については、山下悦夫「小説『潮騒』の灯台長夫妻と娘　手紙に見る三島由紀夫と私の家族」(「三島由紀夫研究」二〇一八年)、鳥羽市教育委員会編『三島由紀夫と神島——『潮騒』をめぐる人々』（鳥羽市教育委員会、二〇二〇年）に新出の書簡などが掲載された。豊田貞子のことは、岩下尚史『ヒタメン——三島由紀夫が女に逢う時…』（雄山閣、二〇一一年→文春文庫）が詳しい聞き書きとなっている。ボディビルについては、山内由紀人『三島由紀夫の肉体』（河出書房新社、二〇一四年）、玉利齋「三島由紀夫とスポーツ」（「三島由紀夫研究」二〇一七年）が詳しい。石原慎太郎『三島由紀夫の日蝕』（新潮社、一九九一年）は三島の肉体観とスポーツに厳しい批判を投じている。『金閣寺』の評価については、中村光夫「『金閣寺』について」（「文藝」一九五六年十二月号）、小林秀雄・三島由紀夫「対談・美のかたち——「金閣寺」をめぐって」（「文藝」一九五七年一月号→『決定版全集』第三十九巻収録）、三好行雄『作品論の試み』（至文堂、一九六七年）が代表的な先行文献である。『金閣寺』の読解については、中村光夫前掲論と三好行雄前掲書のほか、三好行雄「〈文〉のゆくえ——『金閣寺』再説」（「國文學」一九七六年十二月号）、田中美代子「美の変質——「金閣寺」論序説」（「新潮」一九八〇年十二月号）、松本徹『奇蹟への回路——小林秀雄、坂口安吾、三島由紀夫』（勉誠社、一九九四年）、有元伸子「『金閣寺』の一人称告白体」（「近代文学試論」一九八九年十二月）、柴田勝二『三島由紀夫　魅せられる精神』（おうふう、二〇〇一年）、井上隆史『三島由紀夫　虚無の光と闇』（試論社、二〇〇六年）などが主な先行研究としてあり、平野啓一郎『モノローグ』（講談社、二〇〇七年）も詳細な読解を示している。

第四章

三島作品の発行部数については、ジョン・ネイスン『三島由紀夫——ある評伝』(前掲)に拠る。『鏡子の家』の同時代評としては、座談会「一九五九年の文壇総決算」(「文學界」一九五九年十二月号)が他の批評をカバーしている。ニヒリズムついては、澁澤龍彦『三島由紀夫おぼえがき』(立風書房、一九八三年→中公文庫)、小阪修平『非在の海——三島由紀夫と戦後社会のニヒリズム』(河出書房新社、一九八八年)、井上隆史『三島由紀夫　虚無の光と闇』(前掲)が論じている。澁澤龍彦と井上隆史の著書は、『鏡子の家』のみならず三島が参照した著作を挙げている点で注目される。「憂国」については、青海健『三島由紀夫とニーチェ』(青弓社、一九九二年)を参照、「風流夢譚」との関係は、井出孫六「衝撃のブラックユーモア——深沢七郎『風流夢譚』」(「新潮」一九八八年十二月号)で明らかになった。『美しい星』のアイデンティティの決定不可能性については、梶尾文武『否定の文体——三島由紀夫と昭和批評』(鼎書房、二〇一五年)と吉田大八監督の映画「美しい星」(二〇一七年)を参照した。本作のイデオロギーについては、奥野健男『三島由紀夫伝説』(前掲)と磯田光一『殉教の美学』(前掲)を参照した。『午後の曳航』の日沼倫太郎の書評「〝青春の死〟による〝旅立ち〟」は「読売新聞」(一九六三年十月三十一日夕刊)である。『宴のあと』の意図については、斎藤直一「「宴のあと」訴訟事件を想い三島君を偲ぶ」(『三島由紀夫全集』第十三巻付録6、新潮社、一九七三年)に拠る。プライバシー裁判は、富田雅寿編『プライバシー宴のあと』公判ノート』(唯人社、一九六七年)に拠った。『絹と明察』の近江絹糸については、朝倉克己『近江絹糸「人権争議」はなぜ起きたか』(サンライズ、二〇一二年)に詳しい。歌舞伎については、中村哲郎『花とフォルムと――転換する時代の歌舞伎評論』(朝日新聞出版、二〇一一年)が秀逸。他に木谷真紀子『三島由紀夫と歌舞伎』(翰林書房、二〇〇七年)がある。新劇については北見治一『回想の文学座』(中公新書、一九八七年)、村松英子『三島由紀夫　追想のうた　女優として育てられて』(阪急コミュニケーションズ、二〇〇七年)が詳しい。

第五章

この章での自衛隊との接触や楯の会の訓練については、山本舜勝に複数の著書があるが、重複箇所もあるので、『自衛隊「影の部隊」――三島由紀夫を殺した真実の告白』(講談社、二〇〇一年)を主に参照した。映画「憂国」については、藤井浩明「"HAND MADE FILM"――『憂国』」(「シナリオ」一九六六年四月号)、堂本正樹『回想　回転扉の三島由紀夫』(前掲)が撮影現場にいた人の証言として貴重である。『サド侯爵夫人』では青海健『三島由紀夫の帰還』(小沢書店、二〇〇〇年)、柴田勝二『三島由紀夫　作品に隠された自決への道』(祥伝社新書、二〇一二年)、菅孝行『三島由紀夫と天皇』(平凡社新書、二〇一八年)を参照した。「英霊の声」については、瀬戸内晴美「奇妙な友情」(「群像」一九七一年二月号)、島内景二『三島由紀夫――豊饒の海へ注ぐ』(ミネルヴァ書房、二〇一〇年)、磯田光一・島田雅彦「対談・模造文化の時代」(「新潮」一九八六年八月号)、磯部浅一『獄中手記』(中公文庫、二〇一六年)、白井聡『永続敗戦論――戦後日本の核心』(太田出版、二〇一三年→講談社+α文庫)、富岡幸一郎『仮面の神学――三島由紀夫論』(構想社、一九九五年)を参照した。富岡幸一郎の著書は、思想と信仰の間を問題にしていて三島文学全般について参考になる。「文化防衛論」については、大塚英志『サブカルチャー文学論』(朝日新聞社、二〇〇四年→朝日文庫)、橋川文三「美の論理と政治の論理――三島由紀夫「文化防衛論」に触れて」(「中央公論」一九六八年九月号→『三島由紀夫論集成』深夜叢書社)を参照した。なお橋川論文は、天皇と自衛隊の関係を文化問題ではなく政治問題だと指摘し、三島からの返答もあるが、本書の論旨からは外れるので言及しなかった。皇居突入計画については、鈴木宏三『三島由紀夫幻の皇居突入計画』(彩流社、二〇一六年)を基軸に、村松剛『三島由紀夫――その生と死』(文藝春秋、一九七一年)、山本舜勝『自衛隊「影の部隊」』(前掲)、磯田光一・島田雅彦「対談・模造文化の時代」(前掲)および磯田光一「十年の推移の後に――戦後バロックの美と政治」(「文學界」一九八〇年十二月号)、持丸博・佐藤松男『証言　三島由紀夫・福田恆存たった一度の対決』(文藝春秋、二〇一〇年)、松本健一『三島由紀夫亡命伝説』(河出書房新社、一九八七年)などで構成した。なお持丸博については、犬塚潔『三島由紀夫と持丸博』(私家版、二〇一七年)がある。クーデター構想については杉原裕介・杉原剛介『三島由紀夫と自衛隊——秘められた友情と信頼』(並木書房、一九九七年)、杉山隆男『「兵士」になれなかった三島由紀夫』(小学館、二〇〇七年→小学館文庫)、山本舜勝『自衛隊「影の部隊」』(前掲)、西村繁樹『三島由紀夫と最後に会った青年将校』(並木書房、二〇一九年)が詳しい。楯の会全般については、保阪正康『憂国の論理——三島由紀夫と楯の会事件』(講談社、一九八〇年→『三島由紀夫と楯の会事件』角川文庫)がまとまっている。森田必勝には『遺稿集　わが思想と行動』(日新報道、一九七一年)があり、中村彰彦『烈士と呼ばれる男——森田必勝の物語』(文藝春秋、二〇〇〇年→文春文庫)、宮崎正弘『三島由紀夫〝以後〟』(並木書房、一九九九年)、犬塚潔『三島由紀夫と森田必勝』(私家版、二〇一六年)が森田を論じている。

終　章

『豊饒の海』における転生の疑わしさについては、長谷川泉「豊饒の海」(『國文學』一九七〇年五月号)、對馬勝淑『三島由紀夫『豊饒の海』論』(海風社、一九八八年)、エドワード・G・サイデンステッカー「『豊饒の海』の知と行」(『浪曼』一九七三年十二月号)、村松剛「『天人五衰』の主人公は贋物か」(『三島由紀夫全集』第十八巻付録3、新潮社、一九七三年)が先行文献としてあり、「対機説法」の語は、森孝雅「『豊饒の海』あるいは夢の折り返し点」(『群像』一九九〇年六月号)に拠る。『豊饒の海』全体については、對馬勝淑の前掲書、森孝雅の前掲論文、柴田勝二『三

島由紀夫　魅せられる精神』（前掲）、松本徹『三島由紀夫　エロスの劇』（前掲）、有元伸子『三島由紀夫　物語る力とジェンダー——『豊饒の海』の世界』（翰林書房、二〇一〇年）、柳瀬善治『三島由紀夫研究——「知的概観的な時代」のザインとゾルレン』（創言社、二〇一〇年）、井上隆史『三島由紀夫　幻の遺作を読む——もう一つの『豊饒の海』』（光文社新書、二〇一〇年）の問題提起が興味深い。井上準之助については『井上準之助』（1〜5、原書房、一九八二、八三年）を参照した。『豊饒の海』の掲載誌「新潮」の担当者だった小島千加子『三島由紀夫と檀一雄』（構想社、一九八〇年→ちくま文庫）と、単行本担当者だった吉村千穎『終りよりはじまるごとし——1967〜1971 編集私記』（めるくまーる、二〇〇九年）も参考にした。三島自決事件についての文献はあまりに多いが、徳岡孝夫『五衰の人——三島由紀夫私記』（文藝春秋、一九九六年→文春学芸ライブラリー）が三島に呼び出された人の書としてある。秋山駿「死後二十年・私的回想——いよいよその「不在」が輝く」は、『群像日本の作家18　三島由紀夫』（小学館、一九九〇年）に収録の随筆である。

略年譜

西暦(和暦)	年齢	出来事
一九二五(大正十四)	0	一月十四日、東京市四谷区永住町二番地(現・新宿区四谷四丁目二十二番地)に生まれる。戸籍名平岡公威。農商務省勤務の平岡梓と倭文重の長男。家族は両親と父方の祖父母。祖母夏子が公威を自室で育てる。
一九二八(昭和三)	3	妹美津子が誕生。
一九三〇(昭和五)	5	自家中毒にかかり死の手前まで行く。弟千之が誕生。
一九三一(昭和六)	6	学習院初等科に入学。
一九三三(昭和八)	8	四谷区西信濃町十六番地に転居。公威は二、三軒隔たった祖父母の家に住む。
一九三七(昭和十二)	12	学習院中等科に進学。渋谷区大山町十五番地の父母の家に移る。詩を「輔仁会雑誌」に発表。坊城俊民と文通を始める。精力的に詩、戯曲、小説を投稿し始める。
一九三九(昭和十四)	14	祖母夏子が死去。
一九四一(昭和十六)	16	「花ざかりの森」が「文藝文化」に掲載される。筆名・三島由紀夫を初めて使う。

一九四二(昭和十七)	17	学習院高等科に進学。同人雑誌「赤絵」を東文彦、徳川義恭と創刊。祖父定太郎が死去。
一九四四(昭和十九)	19	徴兵検査を兵庫県加古川町で受ける。第二乙種合格。友人の妹K子を知り惹かれる。学習院高等科を文科首席で卒業し、東京帝国大学法学部に入学。短編集『花ざかりの森』七丈書院刊。
一九四五(昭和二十)	20	勤労動員で群馬県の中島飛行機小泉製作所に行く。入営通知が来たが、肺浸潤と誤診され即日帰郷となる。勤労動員で海軍高座工廠に行く。戦後、K子が別の男性と婚約、落胆する。妹美津子がチフスで死去。
一九四六(昭和二十一)	21	川端康成の推薦で「煙草」を「人間」に発表。
一九四七(昭和二十二)	22	『岬にての物語』桜井書店刊。東京大学法学部を卒業。大蔵省に入省。
一九四八(昭和二十三)	23	大蔵省を退職し、作家生活に入る。『盗賊』真光社刊。
一九四九(昭和二十四)	24	『仮面の告白』河出書房刊、高い評価を得る。
一九五〇(昭和二十五)	25	『愛の渇き』新潮社刊。目黒区緑ヶ丘二三二三番地に転居。『青の時代』を「新潮」に連載、新潮社刊。
一九五一(昭和二十六)	26	『禁色』(第一部)を「群像」に連載、新潮社刊。横浜港から世界旅行に出る。アメリカ、ブラジル、ヨーロッパなどを旅し、憧れのギリシャに来て驚喜する。
一九五二(昭和二十七)	27	五月十日帰国。『秘楽』(『禁色』第二部)を「文學界」に連載、翌年新潮社刊。
一九五三(昭和二十八)	28	『三島由紀夫作品集』全六巻を新潮社から刊行開始。
一九五四(昭和二十九)	29	『潮騒』新潮社刊、ベストセラーになり、東映で映画化される。豊田貞子

一九五五(昭和三十)	30	との交際が始まる。「詩を書く少年」を「文學界」に発表。『沈める滝』を「中央公論」に連載、中央公論社刊。「白蟻の巣」を「文藝」に発表、岸田演劇賞受賞。自宅でボディビルを始める。
一九五六(昭和三十一)	31	『金閣寺』を「新潮」に連載、新潮社刊。『永すぎた春』を「婦人倶楽部」に連載、講談社刊。『近代能楽集』新潮社刊。英訳『潮騒』クノップ社刊。自由が丘熊野神社の夏祭りで神輿を担ぐ。『鹿鳴館』を「文學界」に発表、文学座が上演、翌年東京創元社刊。「橋づくし」を「文藝春秋」に発表。
一九五七(昭和三十二)	32	『金閣寺』が読売文学賞を授賞。『美徳のよろめき』を「群像」に連載、講談社刊。豊田貞子との交際が終わる。クノップ社の招きでアメリカへ出発。『三島由紀夫選集』全十九巻を新潮社から刊行開始。『近代能楽集』のニューヨーク公演を待つが目途が立たず、スペインへ行く。
一九五八(昭和三十三)	33	ローマから帰国。日本画家杉山寧の長女瑤子と見合いをし、川端康成夫妻の媒酌で結婚。「日記」を「新潮」に翌年まで連載、翌年、『裸体と衣裳』新潮社刊。『薔薇と海賊』を「群像」に発表、新潮社刊、文学座が東京第一生命ホールで上演。英訳『仮面の告白』ニュー・ディレクションズ社刊。鉢の木会の雑誌「聲」を創刊。剣道を始める。
一九五九(昭和三十四)	34	英訳『金閣寺』クノップ社刊。大田区馬込東一丁目一三三三番地に新居を建て転居。ビクトリア朝風コロニアル様式の家。長女紀子誕生。『鏡子の家』新潮社刊。
一九六〇(昭和三十五)	35	『宴のあと』を「中央公論」に連載、新潮社刊。大映映画「からっ風野郎」

に出演する。夫人とアメリカ、ヨーロッパ、香港などへの旅行に出発。

一九六一（昭和三十六） 36 「憂国」を「小説中央公論」に発表。嶋中事件が起こり、警察の護衛がつく。『宴のあと』のモデル有田八郎から、プライバシー侵害で告訴される。「十日の菊」を「文學界」に発表、翌年、読売文学賞(戯曲部門)受賞。

一九六二（昭和三十七） 37 『美しい星』を「新潮」に連載開始、新潮社刊。長男威一郎誕生。

一九六三（昭和三十八） 38 細江英公写真集『薔薇刑』集英社刊、裸体のモデルとなる。『午後の曳航』講談社刊。文学座の公演予定の「喜びの琴」が上演中止となり、三島ら十七名が文学座を脱退する。

一九六四（昭和三十九） 39 『絹と明察』を「群像」に連載、講談社刊、翌年、毎日芸術賞受賞。劇団NLTを結成。「喜びの琴」を日生劇場で上演。

一九六五（昭和四十） 40 『三島由紀夫短篇全集』を講談社から刊行開始。映画「憂国」を撮影。原作・制作・監督・脚色・主演を兼ねる。『豊饒の海』第一巻『春の雪』を「新潮」に連載。ノーベル文学賞の有力候補に挙がる。『サド侯爵夫人』を「文藝」に発表、河出書房新社刊、劇団NLTが紀伊國屋ホールで上演。『太陽と鉄』を「批評」に連載。

一九六六（昭和四十一） 41 『サド侯爵夫人』で芸術祭賞を受賞。「憂国」がツール国際短編映画祭で次点に入る。「英霊の声」を「文藝」に発表。

一九六七（昭和四十二） 42 『豊饒の海』第二巻『奔馬』を「新潮」に連載。自衛隊に単独で体験入隊する。インド政府の招きでインドを旅行。再度ノーベル賞候補に挙がる。『朱雀家の滅亡』を「文藝」に発表、河出書房新社刊、NLTが紀伊國屋

		ホールで上演。
一九六八(昭和四十三)	43	学生とともに自衛隊体験入隊。森田必勝が参加する。劇団浪曼劇場を創設。『豊饒の海』第三巻『暁の寺』を「新潮」に連載。『太陽と鉄』講談社刊。「楯の会」が発足。川端康成がノーベル文学賞受賞。『わが友ヒットラー』を「文學界」に発表、新潮社刊。
一九六九(昭和四十四)	44	『春の雪』新潮社刊。『わが友ヒットラー』を浪曼劇場が紀伊國屋ホールで上演。『奔馬』新潮社刊。『文化防衛論』新潮社刊。東大全共闘主催の討論会に出席。『癩王のテラス』を「海」に発表、中央公論社刊、雲・浪曼劇場提携により帝国劇場で上演。『椿説弓張月』を国立劇場で上演、演出を担当する。
一九七〇(昭和四十五)	45	『豊饒の海』第四巻『天人五衰』を「新潮」に連載。『暁の寺』新潮社刊。『作家論』中央公論社刊。「三島由紀夫展」を池袋東武百貨店で開催する。十一月二十五日、『天人五衰』の完成稿を手伝いの人に託し自宅を出る。森田必勝、小賀正義、小川正洋、古賀浩靖らと陸上自衛隊市ヶ谷駐屯地へ向かう。東部方面総監益田兼利を訪ね、計画通り総監を縛り上げ、憲法改正を訴える演説をし、割腹自殺を遂げる。森田必勝も割腹自殺。自宅で密葬。「三島由紀夫氏追悼の夕べ」が豊島公会堂で開かれる。
一九七一(昭和四十六)		築地本願寺で葬儀・告別式が営まれる。『天人五衰』新潮社刊。楯の会の解散式が西日暮里の神道禊大教会で行われる。
一九七二(昭和四十七)		東京地裁で判決公判が開かれ、小賀正義、小川正洋、古賀浩靖に懲役四年

の実刑判決が下る。

一九七三（昭和四十八）　『三島由紀夫全集』全三十五巻・補巻一（新潮社）が刊行開始。七六（昭和五十一）年完結。

一九九九（平成十一）　三島由紀夫文学館が山梨県山中湖村に開館。

二〇〇〇（平成十二）　『決定版　三島由紀夫全集』全四十二巻・補巻一・別巻一（新潮社）が刊行開始。〇六（平成十八）年完結。

おわりに

三島由紀夫の生涯とその文学を、前意味論的欲動という造語の概念を据えて見てきた。前意味論的欲動について考え始めたのは、岩波文庫の『三島由紀夫スポーツ論集』(二〇一九年)を編集していた二〇一七年である。ここに『太陽と鉄』を収録しようとし、「身を挺している」「悲劇的なもの」という語句を見つけて、『仮面の告白』との関係を考えたのがきっかけである。「身を挺する」「悲劇的なもの」たらんとする欲動のために、三島由紀夫の一生は生き辛いものだったろうと想像する。誰もが前意味論的欲動を持ち、そこに自己の安定を見る人もいれば、生き辛さを抱え込む人もいる。後者の人にとっては、三島由紀夫の生涯とその作品は、生き辛さを共有することで、共有したことの実感が生きる指針になるかもしれない。

三島の自決は憤死の悲劇で、悲劇であるがゆえに、彼の生涯においてただ一度だけの本当の満足を齎《もたら》した行為だったと思う。生き辛さを抱えながら、遂にその満足体験を実現したのは、傍から見る者にも、長い年月を隔てると喜ばしいことだったように思える。本書は、そういう人のそういう満足体験の過程に寄り添おうとして書いたものである。猛獣に寄り添うことなど容易にはできないが、猛獣は猛獣であるというだけで、私の目を楽しませてくれる。徹底して違うなどということは考えない。縮こまろうとする私の気持ちを、膨らませてくれるところがある。それによく見ると、愛らしいところもあり、何より飽きることがない。

書いていて苦しんだのは、ページ数である。担当してくれた永沼浩一氏からは、一定の限定されたページ数の中に、どんな問題をも納めて表現するのが新書の役割だと言われていた。納得して書き始めたものの、これには苦しめられた。三島作品が好きだと言う永沼さんが適切なアドバイスをしてくれて、書き直した箇所もあれば、構成を変更した箇所もある。何とか予定のページ数に納めてもらった。叙述が不十分なところは、私の責任である。

三島由紀夫に〝死なれた人〟というフレーズを思いついたとき、私はそうではなく、三島に〝死なれた人たち〟を見ていた十五歳の少年だったことに気づいた。あまりのことに背伸びをするのを忘れて、シニシズムもあった私はただ見ていただけだったと、いまになって気づいたのである。だから檻の外から猛獣を見るのが好きなのだろうか。文学研究に携わってきたのは、そういう私の資質のためかもしれないと、この本を書きながら考えた。しかし本書では、無謀にも檻の中に入って、猛獣の体を撫で回したり、突《つっ》いたり、引っ張ったりした箇所がいくつもある。そういう気になったのだ。文学研究者としては、実証、論証のできないことには筆を及ぼすべきではないとも思う。しかし、そういう禁欲を破り、観察や直感で対象を摑もうとしたところがある。

私は、これまでに『三島由紀夫　人と文学』(勉誠出版、二〇〇六年)と『三島由紀夫の文学』(試論社、二〇〇九年)とを上梓している。前著は三島の評伝である。本書はこの評伝と違う書き方を目指した。前著が評伝の「伝」を中心にしたものだとすれば、本書は評伝の「評」に重きを置いたものだ。また後著は三島作品を論じたものだが、本書の前意味論的欲動を中心に作品を論じた箇所にも、その一部は流れ込んでいる。諒とされたい。

新型コロナウイルスの感染拡大が起こっている最中にこの原稿は書かれた。この疫病のパンデミックによって、国と国の関係も、国際協調路線から自国化の動きが強まっている。身勝手なナショナリズムとポピュリズムの台頭が懸念されるが、三島由紀夫はそういう動きとは明らかに異なるところにいた人である。偏狭で排他的なナショナリズムに、三島が利用されないことを願っている。

この未曾有の変な年に、予定どおり本書の刊行を進めてくれた岩波書店と永沼浩一氏に感謝申し上げる。

没後五十年の年に

佐藤秀明

佐藤秀明

1955年 神奈川県小田原市生まれ
1987年 立教大学大学院文学研究科博士後期課程満期退学．神奈川文学振興会職員，相山女学園大学教授を経て
現在一近畿大学文芸学部教授．三島由紀夫文学館館長．博士(文学)．著書に『三島由紀夫 人と文学』(勉誠出版)，『三島由紀夫の文学』(試論社)，編著に『三島由紀夫紀行文集』『三島由紀夫スポーツ論集』(ともに岩波文庫)など．『決定版 三島由紀夫全集』(新潮社)編集協力

三島由紀夫 悲劇への欲動　　岩波新書(新赤版)1852

2020年10月20日 第1刷発行
2020年12月25日 第3刷発行

著　者　佐藤秀明《さとうひであき》

発行者　岡本 厚

発行所　株式会社 岩波書店
〒101-8002 東京都千代田区一ツ橋 2-5-5
案内 03-5210-4000　営業部 03-5210-4111
https://www.iwanami.co.jp/

新書編集部 03-5210-4054
https://www.iwanami.co.jp/sin/

印刷・三陽社　カバー・半七印刷　製本・中永製本

ISBN 978-4-00-431852-1　Printed in Japan

岩波新書新赤版一〇〇〇点に際して

ひとつの時代が終わったと言われて久しい。だが、その先にいかなる時代を展望するのか、私たちはその輪郭すら描きえていない。二〇世紀から持ち越した課題の多くは、未だ解決の緒を見つけることのできないままであり、二一世紀が新たに招きよせた問題も少なくない。グローバル資本主義の浸透、憎悪の連鎖、暴力の応酬――世界は混沌として深い不安の只中にある。

現代社会においては変化が常態となり、速さと新しさに絶対的な価値が与えられた。消費社会の深化と情報技術の革命は、種々の境界を無くし、人々の生活やコミュニケーションの様式を根底から変容させてきた。ライフスタイルは多様化し、一面では個人の生き方をそれぞれが選びとる時代が始まっている。同時に、新たな格差が生まれ、様々な次元での亀裂や分断が深まっている。社会や歴史に対する意識が揺らぎ、普遍的な理念に対する根本的な懐疑や、現実を変えることへの無力感がひそかに根を張りつつある。そして生きることに誰もが困難を覚える時代が到来している。

しかし、日常生活のそれぞれの場で、自由と民主主義を獲得し実践することを通じて、私たち自身がそうした閉塞を乗り超え、希望の時代の幕開けを告げてゆくことは不可能ではあるまい。そのために、いま求められていること――それは、個と個の間で開かれた対話を積み重ねながら、人間らしく生きることの条件について一人ひとりが粘り強く思考することではないか。その営みの糧となるものが、教養に外ならないと私たちは考える。歴史とは何か、よく生きるとはいかなることか、世界そして人間はどこへ向かうべきなのか――こうした根源的な問いとの格闘が、文化と知の厚みを作り出し、個人と社会を支える基盤としての教養となった。まさにそのような教養への道案内こそ、岩波新書が創刊以来、追求してきたことである。

岩波新書は、日中戦争下の一九三八年一一月に赤版として創刊された。創刊の辞は、道義の精神に則らない日本の行動を憂慮し、批判的精神と良心的行動の欠如を戒めつつ、現代人の現代的教養を刊行の目的とする、と謳っている。以後、青版、黄版、新赤版と装いを改めながら、合計二五〇〇点余りを世に問うてきた。そして、いままた新赤版が一〇〇〇点を迎えたのを機に、人間の理性と良心への信頼を再確認し、それに裏打ちされた文化を培っていく決意を込めて、新しい装丁のもとに再出発したいと思う。一冊一冊から吹き出す新風が一人でも多くの読者の許に届くこと、そして希望ある時代への想像力を豊かにかき立てることを切に願う。

（二〇〇六年四月）